JUSTUS:

Das wird streichig!

Endlich ist es so weit! Der Tag unserer großen Klassenfahrt ist gekommen. Oder besser gesagt: der Tag unserer großen Streichefahrt!

Am Bahnhof herrscht schon am frühen Morgen das totale Chaos. Wir Schüler drängeln uns auf dem Bahnsteig. Ein paar heulende Muttis umarmen ihre Kinder. Ist denen natürlich total peinlich. Ein paar Väter ermahnen ihre Kinder, brav zu sein. Mein Dad gehört auch dazu. Er droht mir, mich in ein

Bootcamp für schwer erziehbaren Nachwuchs zu stecken, wenn ich mich während der Klassenfahrt schlecht benehme. Daraufhin drohe ich ihm, ihn in ein Bootcamp für nervige Väter zu stecken, wenn er nicht sofort mit der Quengelei aufhört. Meine Schwester Luisa wettet mit mir um unser Taschengeld, dass die Lehrer mich schon am ersten Tag wieder nach Hause schicken werden.

Mir ist das alles völlig egal. Ich könnte mich die ganze Zeit nur kaputtlachen. Genau wie Derek, Rahul, Kira und Adam[2], die Mitglieder meiner Streiche-Gang. Wir haben an eine Mauer auf dem Bahnsteig ein Schild geklebt, auf dem steht: Hier geht es zu Gleis 9¾. Seitdem beobachten wir, wie ein paar unserer Mitschüler immer wieder mit voller Wucht gegen die Mauer rennen, weil sie wirklich glauben, dass dahinter der Zug nach Hogwarts abfährt.

Die Stimme von Herrn Laddenbeck, unserem Mathelehrer, donnert über unsere Köpfe. Er und die Bri-Lu, unsere Deutschlehrerin, begleiten uns auf

Jakob Musashi Leonhardt

KINGS OF CHAOS

Bleib locker, Stinktier!

Mit Illustrationen
von Sebastian Heidel

Arena

Arena

Ein Verlag in der *westermann* GRUPPE

MIX
Papier aus verantwortungsvollen Quellen
FSC® C110508
FSC www.fsc.org

1. Auflage im Arena-Taschenbuch 2021

Rottendorfer Straße 16, 97074 Würzburg

Dieses Werk wurde vermittelt durch die Literarische Agentur
Thomas Schlück GmbH, 30161 Hannover
Einband- und Innenillustrationen: Sebastian Heidel
Umschlaggestaltung: Juliane Lindemann
Umschlagtypografie: Sibylle Bader
Gesamtherstellung: Westermann Druck Zwickau GmbH
ISSN 0518-4002
ISBN 978-3-401-51191-7

Besuche den Arena-Verlag im Netz:
www.arena-verlag.de

Arena-Taschenbuch
Band 51191

Ebenfalls in dieser Reihe erschienen:
Kings of Chaos. Zahm wie Schulhofhaie (Band 1)
Kings of Chaos. Fit wie ein Faultier (Band 2)

Ebenfalls vom Autor beim Arena Verlag erschienen:
Knapp vorbei ist auch daneben – Ein genialer Chaot packt aus
In der Faulheit liegt die Kraft – Geniale Chaoten fallen nicht vom Himmel
Chaos ist das halbe Leben – Ein verkanntes Genie auf der Überholspur
Erst der Spaß, dann das Vergnügen – Geniale Chaoten bringt nichts auf die Palme
Chillen macht den Meister – Ein genialer Chaot startet durch
Stille Nacht, alles kracht – Ein genialer Chaot überlebt Weihnachten
Im Pyjama um halb vier *(zusammen mit Gabriella Engelmann)*

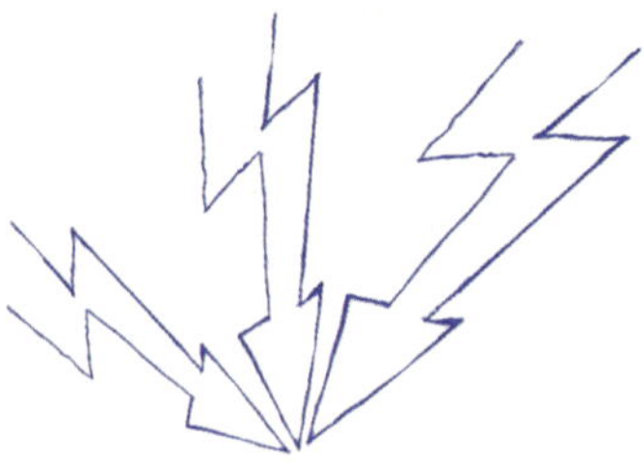

Jakob Musashi Leonhardt,
geboren 1975, ist ein Weltenbummler und in Tokio genauso zu Hause wie in Hamburg. Er hat einige Romane für junge Leser veröffentlicht und ist zudem als Musiker und Sounddesigner tätig. Zu seinen Leidenschaften zählen das Tauchen, japanischer Sencha-Tee sowie die Musik von *Coldplay.*

www.jakob-leonhardt.de

die Klassenfahrt. »Kinder, der Zug kommt in fünf Minuten! Sagt jetzt endgültig auf Wiedersehen zu euren Eltern und nehmt euer Gepäck in die Hand. Dann stellt euch in Zweierreihen auf. Ich möchte nicht, dass irgendjemand am Ende auf dem Bahnsteig zurückbleibt!«

Unsere Eltern vergießen noch ein paar Tränchen und ziehen dann ab. Wir stellen uns brav in Zweierreihen auf. Laddi und die Bri-Lu schreiten an uns vorüber und zählen nach, ob wir vollzählig sind. Am Ende schütteln sie besorgt die Köpfe und zählen noch einmal nach.

Das Ergebnis: Wir sind nicht vollzählig.

Derek, der neben mir steht, und ich werfen uns verschwörerische Blicke zu. Laddi und die Bri-Lu können noch so oft durchzählen – das Ergebnis wird immer dasselbe sein. Es fehlen vier Schüler. Und zwar nicht irgendwelche Schüler. Sondern vier ganz besondere.

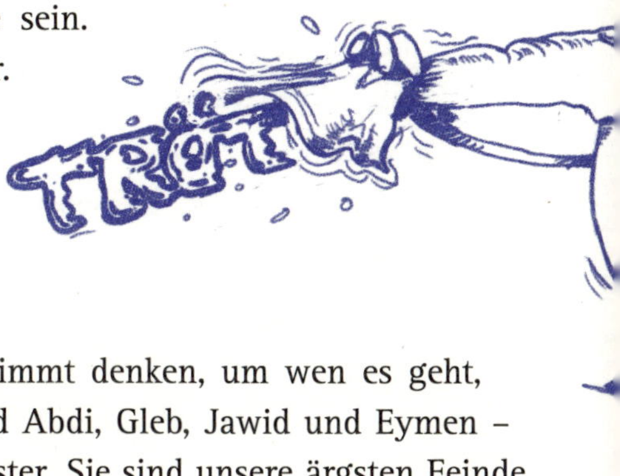

Ihr könnte euch bestimmt denken, um wen es geht, oder? Richtig! Es sind Abdi, Gleb, Jawid und Eymen – die vier Ghetto-Gangster. Sie sind unsere ärgsten Feinde

an der Schule. Und unsere Gegner im größten Streiche-Battle aller Zeiten. Auf dieser Klassenfahrt wollen wir die Sache endgültig zu Ende bringen. Wir wollen endgültig klären, wer der KING OF SCHOOL ist, der größte Streichespieler von allen!

Darum dachte ich mir, dass es der beste Streich wäre, wenn ich dafür sorge, dass die vier erst gar nicht mitfahren! Dank **Streich Nummer 1** wird mir das auch gelingen. Wenn die vier Gangster nämlich mit zwei Stunden Verspätung hier auf dem Bahnhof aufkreuzen, ist unser Zug längst abgefahren.

Kleiner Rückblick: Vor ein paar Tagen haben die Eltern von Abdi, Jawid, Gleb und Eymen einen hochoffiziellen Brief von der Schule bekommen. Darin stand, dass der Zug nicht morgens um neun Uhr losfährt – sondern erst um elf Uhr, also zwei Stunden später. Wir Schüler dürften auf keinen Fall früher zum Bahnhof kommen, von wegen Aufsichtspflicht und so ... natürlich waren die Briefe gar nicht wirklich von der Schule. Sondern von uns. Es waren Streiche-Briefe, die wir eigenhändig verfasst haben! Anscheinend hat der Plan funktioniert. Die Gangster liegen bestimmt noch im Bett und schlafen. Sie ahnen gar nicht, dass wir sie gerade mächtig aufs Kreuz legen!

Laddi, der uns kennt, kommt wütend angestampft und sieht uns so misstrauisch an wie ein Tatort-Kommissar. Dann fragt er: »Justus! Und ihr anderen! Steckt ihr etwa dahinter? Habt ihr dafür gesorgt, dass Abdi und seine Freunde nicht hier sind?«

»Wiiiiir? Aber niiiieeeemals!«, rufe ich – und wir alle schütteln die Köpfe, als wären wir Headbanger auf einem Heavy-Metal-Konzert.

»Juuuustus! Sei ehrlich!«

»Ich weiß wirklich nicht, was hier abgeht, Laddi. Ich bin so was von unschuldig, dass ich bestimmt gleich Engelsflügel bekomme und ein paar Loopings durch die Luft drehe«, sage ich. Dazu setze ich eine Unschuldsmiene auf, als wäre ich eine Pythonschlange, die gerade ein komplettes Hängebauchwarzenschwein verschluckt hat, aber so tut, als könnte sie nicht einmal ein vegetarisches Tofu-Kaninchen verdrücken.

Leider lässt sich Laddi davon null beeindrucken. Er will mich gerade richtig durch die Mangel drehen, als ihn die Lautsprecherdurchsage unterbricht. Der Zug fährt ein! Nicht weit entfernt hören wir schon das Tröten der Lok.

Laddi springt davon, zückt sein Handy und fängt hektisch an zu telefonieren. Die Bri-Lu genauso. Wahrscheinlich versuchen sie, Kakadu, unseren Direktor, zu erreichen, damit der ihnen erklärt, was sie tun sollen. Derek, ich und die anderen können uns endgültig nicht mehr zurückhalten. Wir kugeln uns vor Lachen über den Bahnsteig.

Plötzlich aber bleibt uns das Lachen im Hals stecken. Wir hören hinter uns eine Stimme, mit der wir nicht gerechnet haben. Aber so gar nicht. »Ey, Mutanten. Was ist so lustig? Vielleicht die Tatsache, dass wir doch da sind?«

Wir drehen uns um und blicken in die Gesichter von Abdi, Jawid, Gleb und Eymen – und jetzt sind sie es, die vor Lachen fast explodieren.

»Aber wieso ... ich meine ... ihr solltet doch ...«, stottere ich überrascht vor mich hin.

Abdi grinst müde. »Mann, Bieber, du Ober-Lahmbirne! Dachtest du wirklich, wir fallen auf eure anfängermäßig gefälschten Fakebriefe herein, oder was?! Vergiss es. Das Ganze beweist nur mal wieder, dass du und deine Freunde die schlechtesten Streichespieler aller Zeiten seid!«

Abdi nennt mich immer Bieber, weil mein Vorname so

ähnlich klingt wie der von Justin Bieber, was natürlich totaler Oberquatsch ist. Uns alle zusammen nennt er immer die Mutanten, und das nur weil Derek ziemlich dick, Rahul ziemlich klein, Kira ziemlich mädchenhaft und Adam[2] ziemlich schwarz ist. Unverschämtheit! Aber so ist Abdi nun einmal.

Wir wollen ihm gerade eine saftige Erwiderung entgegenschleudern, als uns Abdi zuvorkommt. Er grinst sein Haifischgrinsen: »Ach ja, wo wir gerade über Streiche sprechen ... wo ist eigentlich euer Gepäck? Scheint verschwunden zu sein!«

Wir drehen uns um und dann trifft uns der Schlag. Unsere Koffer, die gerade noch hinter uns standen, sind verschwunden!

Aber noch bevor wir reagieren können, dröhnt Laddis Stimme über den Bahnsteig: »Einsteigen! Aber sofort. Sonst fährt der Zug ohne euch ab!«

Erinnert ihr euch eigentlich daran, dass ich bis vor Kurzem eine Freundin hatte? Sie hieß Leela und wir waren total verknallt ineinander. Seit ein paar Tagen sind wir aber nicht mehr zusammen und Leela ist auch nicht mehr total verknallt in mich. Liegt an mir und an meiner unheilbaren Streicheritis. Wenn Leela mich zum Beispiel geküsst hat, habe ich mir vorher falsche Vampirzähne in den Mund gesteckt. Oder wenn wir gekuschelt haben, habe ich ihr Juckpulver in den Kragen gestreut und dann gefragt, ob sie vielleicht Flöhe hat. Und immer wenn sie ein Voll-verliebt-Selfie von uns machen wollte, habe ich mir schnell meine Werwolf-Monster-Maske übergezogen. Ich fand's zum Brüllen komisch. Aber Leela fands nur daneben. Sie meinte zu mir: »Justus, du brauchst keine Freundin, du brauchst einen Arzt.« Dann hat sie mit mir Schluss gemacht. Für Abdi gilt übrigens dasselbe. Er ist mit einem Mädchen namens Paksoy zusammen gewesen. Aber die hat auch mit ihm Schluss gemacht. Weil Abdi sie zum Essen eingeladen hat. Er hat

selbst gekocht. Chili con Carne. Mit ungefähr zwei Kilo Jalapeñjo-Killer-Monster-super-scharf-Schoten drin. Nachdem Paksoy gekostet hatte, wurde sie knallrot im Gesicht und ihre Augen hörten gar nicht mehr auf zu tränen ... Abdi hat sich totgelacht. Paksoy fand's gar nicht lustig, aber obwohl Abdi sich entschuldigt hat, wollte sie nichts mehr von ihm wissen.
Jetzt haben wir also beide keine Freundinnen mehr. Das ist natürlich traurig. Andererseits können wir uns jetzt wieder zu 100 Prozent auf den Streiche-Battle konzentrieren. Das ist ja auch nicht schlecht.

ABDI: Mich laust der Harakiri-Affe!

Zufrieden wie vier fette Sechs-Richtige-Lottogewinner schmeißen Gleb, Jawid, Eymen und ich uns in unsere Sitze. Der Zug rollt an und der Schaffner begrüßt uns per Lautsprecher auf Deutsch und Arabisch – ach, nee, ist eher eine krass seltene Indianersprache. Oder Englisch.

Auf dem kleinen Bildschirm über der Tür können wir sehen, wie der Zug Vollgas gibt. 100 Stundenkilometer, 150 Stundenkilometer und schließlich 200 Stundenkilometer! Ich gehe jede Wette ein, dass der Lokführer sein Seitenfenster runtergekubelt hat und locker den Ellbogen raushängen lässt. Respekt, der Typ! Ich frage mich nur, warum er nicht auf das leere Gleis neben uns rüberzieht, um alle

lahmen Schleich-langsam-Bummelzüge vor uns zu überholen.

Während unsere Mitschüler aus dem Fenster gucken und Kühe und Bäume zählen, sehen wir uns auf Glebs Handy ein Video an. Haben wir vorhin auf dem Bahnhof gedreht. Wir gucken uns die Schock-Gesichter der Mutanten an, als sie feststellen, dass ihre Koffer verschwunden sind. Zum Totlachen!

Haben die Null-Checker wirklich geglaubt, dass sie uns mit einem Aldi-mäßig billigen Fake-nachgemacht-Brief aufs Antarktis-Glatteis führen können? Never ever niemals jemals! Aber ich wusste sofort, dass ich Biebers lahmen Streicheversuch dazu nutze, um ihn und die Mutanten ihrerseits so richtig reinzulegen!

Während die Landschaft draußen am Fenster vorüberflitzt, gehen Laddi und die Bri-Lu durch die Reihen und ermahnen uns, uns gut zu benehmen. Wir sollen möglichst leise sein, damit wir die anderen Gäste im Zug nicht stören. Schließlich sollen wir den guten Ruf der Albert-Einstein-Gesamtschule nicht aufs Spiel setzen!

Ist krass richtig, denke ich. Müssen wir guten Eindruck machen! Darum nicke ich Gleb, Jawid und Eymen zu und packe meine Bluetooth-Lautsprecher aus, inklusive mülltonnengroßer Subwoofer-Bass-Box. Dann las-

se ich erst einmal einen ohrenbetäubend lauten Rapsong von meinem Lieblingsrapper *Haftbefehl* laufen. Ich drehe die Boxen so weit auf, dass man die Musik bestimmt in allen anderen Waggons hören kann. Und unser Lokführer ganz vorne schnippt mit den Fingern im Takt! Jede Wette!

Es dauert keine zehn Sekunden und Laddi steht zitterwütend vor uns. Er tippt sich tock-tock-mäßig an die Stirn und sagt: »Bei dir piept es wohl, Abdi. Mach sofort die Musik aus!«

»Wie bitte? Ich kann Sie nicht verstehen, Herr Laddenbeck. Die Musik ist so laut.«

»Mach den Krach aus! Und zwar sofort!«

»Heißt das, Sie mögen *Haftbefehl* nicht?!«

»Das spielt überhaupt keine Rolle!«

Ich zucke mit den Schultern und tippe auf mein Smartphone. *Haftbefehl* verstummt, dafür beginnt ein Schallmauer-lauter Song von MARTERIA.

»Gefällt Ihnen besser oder was, Herr Laddenbeck?«

»Willst du mich auf den Arm nehmen!?«

»Die Antwort sollten Sie kennen.«

»Mach! Sofort! Die! Musik! Aus!«

Laddis Gesicht nimmt eine tomaten-mäßige Farbe an. Schätze mal, dass er gleich ohnmächtig wird und wir ihn reanimieren müssen. Am besten natürlich mit Rapmusik.

»Jetzt reicht es! Du hast es nicht anders gewollt«, schreit Laddi plötzlich Godzilla-mäßig los. Er reißt mir die riesige Subwoofer-Box aus den Armen, schaltet sie aus und stürmt mit dem Ding an seinen Platz. Im Weggehen sagt er: »Das hast du jetzt davon, Abdi. Die Box bekommst du frühestens heute Abend zurück.«

Ich warte, bis Laddi außer Hörweite ist. Dann schenke ich Gleb, Jawid und Eymen ein Checker-Grinsen. »Nett, von Laddi, dass er meine Box trägt, oder? War mir sowieso zu schwer. Und heute Abend in der Jugendherberge bekommen wir sie wieder! Hat er ja selbst gerade gesagt.«

Nebenbei noch ein Wort über Rapmusik, Checkers. Ihr wisst ja, ich stehe auf HAFTBEFEHL. Und auf noch ein paar andere. Logisch ist klar, dass Raptexte krass und hart und derbe heftig sein müssen. Weil, gehört halt dazu. Aber das heißt nicht, dass sie krass unter Horizont-und-Gürtellinie sein müssen. Weil: Rappen ist wie Streichespielen. Du willst die Leute ärgern. Du willst sie piksen! Aber du willst sie nicht wirklich fertigmachen. Am Ende sollen sie nicht heulen, sondern ein fettes Checker-Grinsen im Gesicht haben. Darum: Sei hart – aber bleib fair! Logisch ist klar, oder was?!

Plötzlich hören wir von weiter vorne im Wagen ein Heul-schluchz-kreisch-ich-will-wieder-nach-Hause-heul-Konzert. Das Ganze ist so laut, dass unsere kleine Rapeinlage vorhin das reinste Flüster-Konzert war. Ich rufe in Laddis Richtung, dass er bitte für Ruhe sorgen soll, weil der Lärm nervt und den guten Ruf unserer Schule ruiniert.

Daraufhin antwortet Laddi etwas sehr Hässliches, das selbst der härteste Rapper nicht aussprechen würde. Beeindruckend! Zumal Laddi ja eigentlich ein weichgespülter Hab-euch-alle-lieb-Lehrer ist. Aber vielleicht ja doch nicht!

Es stellt sich heraus, dass die Heulbojen niemand anderes sind als die drei Obertussis unserer Klasse, also Michaela Meyer-Meier-Maier (die wir *3M* nennen), Nuri Acikgöz (die wir *Nuri Algenkotz* nennen) und Dorin-Chantal-Samanta-Jaqueline Puffpaff (die wir *Pupa* nennen). Die drei Girls überfluten mit ihren Tränen glatt den halben Waggon.

Ich stehe auf, gehe nach vorne und setze meinen Kulleraugen-Dreamboy-hab-voll-Mitleid-Blick auf. Mit Supersoft-Stimme frage ich: »Ey, Girls! Was los? Habt ihr Heimweh? Oder seid ihr traurig, weil die Kühe draußen ein besseres Hairstyling haben als ihr?«

Normalerweise würden mir die Mädchen nach so einem Spruch mit ihren farbig lackierten Monster-Nails Wolverine-mä-

ßig das Gesicht striegeln. Jetzt aber überhören sie meine Gemeinheit und schütteln nur traurig die Köpfe. Dann erklärt die Algenkotz: »Ein Teil unserer Koffer ist verschwunden. Und zwar ausgerechnet die, in denen unsere schönsten Kleider sind. Das verstehen wir gar nicht. Wir haben doch extra darauf geachtet, dass wir alles mit in den Zug nehmen ...«

»Verstehe ich nicht! Da sind doch eure ganzen Koffer! Direkt über euch in der Ablage!«, sage ich.

Ist nämlich eine Tatsache. Die Girls sind vorhin alle mit so vielen Koffern in den Zug gestiegen, als würden sie zu einer fünfjährigen Weltreise aufbrechen. Logisch-ist-klar, sie müssen ja tonnenweise Klamotten mitschleppen, weil sie sich einmal in der Stunde umziehen müssen.
Oder so.

Die 3M putzt sich tröt-mäßig die Nase und schluchzt mit Heulstimme: »Als wir vorhin in den Zug eingestiegen sind, war alles so hektisch. Wir dachten, es wären alles unsere Koffer, die wir mitgenommen haben. Aber das stimmte gar nicht. Ein paar der Koffer waren gar nicht unsere. Die gehören in Wirklichkeit ...«

Noch bevor die 3M ihren Satz beendet, überkommt mich ein Sherlock-Holmes-mäßiger Schock-Verdacht ... dann höre ich auch schon von weiter hinten ein klapperschlangen-mäßiges Schepper-Lachen.

Ich drehe mich um und mein Blick fällt auf Justus Bieber und die Mutanten. Alle fünf grinsen mich zufrieden an. Verdächtig zufrieden. Dann wird mir klar, was Sache ist.

Sowohl Bieber als auch Rahul, Kira, Derek und Adam[2] haben alle ihre Koffer in der Hand oder auf dem Schoß ... von wegen, wir haben ihr Gepäck verschwinden lassen! Unser Streich scheint schiefgegangen zu sein! In Wirklichkeit haben wir gar nicht ihre Koffer geklaut, sondern aus Versehen die der drei Girls! Aber wenn das stimmt, dann haben die Mutanten ja vorher ihre Koffer gegen die der Girls ausgetauscht! Und zwar weil sie geahnt haben, dass wir etwas mit ihrem Gepäck anstellen würden ...

Als mir das klar wird, stoße ich einen Harakiri-Schrei aus, der den guten Ruf unserer Schule endgültig zerstört. Ist mir so-was-von-total-egal!

Dann sagt Bieber mit Grinse-Stimme: »Jetzt mal ehrlich, Abdi. Hast du wirklich geglaubt, wir lassen uns von euch so einfach hereinlegen? Und ihr könnt einfach so unser Gepäck klauen? Und wir merken es nicht? Vergesst es! Wir haben natürlich als Erstes unsere Koffer gegen die von den Girls ausgetauscht – als Vorsichtsmaßnahme. Die haben das gar nicht gemerkt. Dann habt ihr euch auf den Bahnsteig geschlichen und unsere Koffer geklaut. Nur dass es gar nicht unsere Koffer waren, sondern die von der 3M, der Pupa und der Algenkotz. Wir haben natürlich so getan, als würden wir nichts merken ...«

Die Mutanten brechen in ein triumphierendes Gelächter

aus. Ich dagegen bin Matrix-mein-Mund-ist-weg-mäßig sprachlos.

Diesmal hat Bieber uns wirklich erwischt, das muss ich zugeben! Respekt, kann ich da nur sagen.

JUSTUS:

Willkommen bei Dinosaurier-Tours!

Das letzte Stück zur Jugendherberge müssen wir mit einem Bus fahren. Laddi und die Bri-Lu haben ihn für unsere Klasse gechartert.

Als wir aber auf dem Bahnhofsvorplatz stehen, trifft uns der Schlag. Was da auf uns wartet, ist ein rostiger Wird-von-Schnecken-überholt-Oldtimer, der vermutlich einen Anti-Turbo und eine eingebaute Gegenwind-Maschine hat. Das soll ein Bus sein? Mann, der ist ja garantiert so alt, dass schon Goethe, Schiller und Max & Moritz mit dem Ding gefahren sind.

Als wir zögernd einsteigen, trifft uns gleich der nächste Schlag. Der Busfahrer sieht aus wie eine Mischung aus Motorradrocker und Alm-Öhi. Er hat einen langen weißen Rauschebart und schulterlange, fettige Haare. Dazu trägt er eine dunkle Sonnenbrille und eine Mütze von den New York Yankees. Als ich von ihm wissen will, ob der Bus mit einer Dampfmaschine angetrieben wird, grinst er nur und sagt, dass ich mich hinsetzen und anschnallen soll. Überhaupt sollten wir uns alle besser anschnallen, schließlich sei er für unsere Sicherheit verantwortlich.

Dann zündet er den Motor, der zunächst ein paar beunruhigende Explosionsgeräusche macht, die schließlich

in ein rhythmisches Hämmern übergehen. Aber immerhin, die Fahrt beginnt und führt uns aus der Stadt hinaus. Wir fahren knatterlangsam durch Weinberge und Wälder. Schließlich geht es am Ufer eines Flusses entlang, auf dem Ausflugsdampfer und Frachtschiffe unterwegs sind.

Fast fangen wir an, die Fahrt mit dem Dinosaurier-Bus zu genießen, als die nächste Katastrophe eintritt. Auslöser ist unsere Mitschülerin Lena, die nach vorne zum Fahrer geht und fragt, ob der Bus WLAN hat und wie das Passwort lautet.

Jetzt mal ehrlich, das ist ungefähr so, als würde man einen Neandertaler fragen, ob er ein Smartphone hat.

Der Fahrer lacht sich schlapp. Dann dreht er sich bei voller Fahrt – ist zum Glück ja nicht so schnell – zu uns um und erklärt: »WLAN gibt's nicht. Aber ich kann gerne die Bordmusik einschalten.«

Daraufhin lässt er die Hände vom Steuer los und fummelt in aller Seelenruhe an einem altmodischen Kofferradio herum. Schließlich findet er den richtigen Sender – einen, auf dem ausschließlich altmodische Schlagermusik gespielt wird.

Es ist ausgerechnet Pierre Lassogowski, unser Oberstreber, dem kurz darauf die Nerven durchschmoren. Er droht dem Fahrer damit, bei voller Fahrt aus dem Fenster zu springen, wenn er die Musik nicht sofort ausstellt. Daraufhin rufen alle anderen Schüler, dass er die Musik auf keinen Fall ausstellen darf. Soll Pierre doch ruhig rausspringen – den mag eh keiner! Viel passieren würde ihm ja ohnehin nicht, weil der Bus nicht schneller fährt als ein kaputtes Fahrrad, das von seinem Besitzer geschoben wird.

Derek und ich organisieren gerade eine Abstimmung per Handzeichen – Musik aus oder Pierres Fenstersprung –, als der Bus eine quietschende Vollbremsung macht.

Unser Fahrer stellt den Dampfmaschinenmotor aus und sagt: »Alles aussteigen. Wir sind da! Ihr müsst nur noch ein paar Meter zu Fuß zur Jugendherberge laufen!«

Kurz darauf stehen wir da und blicken zu der Jugendherberge hinauf, die oben auf einem Hügel liegt.

Der Anblick überwältigt uns.

Wir können unser Glück kaum fassen.

Die Jugendherberge ist nämlich in Wahrheit eine alte Burg, so richtig mit Zugbrücke, Burggraben und einem hohen Turm, auf dem eine mittelalterliche Fahne weht.

Wow! Wir dürfen eine ganze Woche lang in einer echten Ritterburg übernachten! Die Klassenfahrt ist der Hammer, so viel steht jetzt schon fest!

ABDI:

Ich mach dich Hotdog!

Der Bieber und ich sind einer Meinung? Kommt eigentlich nie vor.

Kommt jetzt aber doch vor. Wir stehen nebeneinander da, gucken zur Jugendherbergsburg hinauf und überbieten uns gegenseitig mit »Ey-boah-super!«-Rufen:

»Ist das fett krass Hammer, oder was?!«, sage ich.

»Das ist T-Rex-mäßig unübertroffen!«, meint der Bieber.

»Das ist Liga-Pokal-Champions-League-Triple-mäßig unfassbar porschig!«

Bieber sieht mich runzelstirn-mäßig an. *»Porschig?* Was soll das denn heißen?«

»Kannst du kein Deutsch, oder was? Porschig kommt

von Porsche, so wie äh drahtig von Draht kommt. Oder rostig von Rost, du Rostbirne.«

»Und heftig kommt von Heft, oder was?!«

»Was weiß ich. Jedenfalls ist die Jugendherberge fett.«

»Vollfett sogar!«

Wir sehen uns an und müssen beide grinsen. Ich sage: »Ich hätte nie gedacht, dass Laddi sich für unsere Klassenfahrt so eine tolle Unterkunft aussucht.«

»Und die Bri-Lu auch nicht.«

Die Lehrer sind gerade zu uns gekommen und hören uns reden. Laddi fragt mich: »Na, Abdi, bist du zufrieden mit unserer Wahl?«

»Aber so was von, Laddi. Darf ich Sie zum Dankeschön knutschen? Und Miss Bri-Lu genauso?«

Ich will der Bri-Lu eine ringermäßige Drück-Umarmung mit Schlabber-Kuss auf die Wange verpassen, aber sie wedelt abwehrend mit der Hand: »Ist schon gut, Abdi. Umarm lieber Justus, wenn dir unbedingt danach ist.«

»Den Bieber? Niemals! Umarme ich lieber Wüstenkaktus oder Hundepinkelbaum.«

»Wie auch immer. Jedenfalls solltest du deine Kräfte für den Aufstieg sparen. Du und alle anderen müsst eure Koffer nämlich eigenhändig hochtragen. Der Weg ist zwar nicht weit, aber dafür wirklich steil.«

Nicht nur ich, sondern auch alle anderen dreißig Schüler starren die Lehrer ungläubig an. Dann blicken wir auf den schmalen Weg, der vom Fuß des Hügels in Hin-und-her-Schlangenlinien bis hinauf zum Burgtor führt. Ist genau, wie die Bri-Lu sagt: nicht weit, aber Himalayamäßig steil. Um da hochzukommen, muss man nicht laufen, sondern freeclimben!

»Was denn? Es gibt keinen Sessellift? Keine Kofferträger? Und nicht mal einen Jeep, der uns abholt?«, frage ich voll baff fassungslos.

»Vergiss es, Abdi. Aber du kannst natürlich hier unten im Gebüsch schlafen, wenn dir das lieber ist«, erklärt uns Laddi und glaubt, damit oberschlau zu sein.

Ich und die Gangster, also Gleb, Jawid und Eymen, zucken lässig mit den Schultern. Ich erkläre: »Deal, Laddi. Wir bleiben hier unten und schlafen im Gebüsch. Wäre nett, wenn Sie später Abendessen zu uns runterbringen. Und morgen früh Frühstück.«

Laddi, der ja normalerweise ein Softie-Kuschel-Lehrer ist, platzt jetzt doch der Kragen. Er läuft Hulk-mäßig grün an, seine Muskeln platzen aus Hemd und Hose und er brüllt: »Los, nehmt euer Gepäck und geht rauf zur Herberge. UND! ZWAR! SOFORT!«

»Ist ja gut, Laddi. Wir gehen ja schon«, antworten wir, schnappen unsere Sachen und beginnen mit dem Aufstieg.

Weit kommen wir allerdings nicht, und das liegt an den drei Girls, also an der 3M, der Algenkotz und der Pupa.

Sie haben jede zwei Koffer mit (eigentlich sogar drei oder vier, aber ein Teil ihres Gepäcks ist ja weg), dazu Handtaschen, Kosmetikkoffer und allen möglichen anderen Kram. Außerdem schleppen sie kleine Täschchen mit sich, in denen ihre Schoßhunde stecken, die sie heimlich mitgenommen haben. Pupa gehört *Diamond,* ein hamstergroßer Chihuahua. Der Algenkotz gehört *Daisy,* ein Shih Tzu, bei dem man vor lauter Fell nicht weiß, wo vorne und wo hinten ist, und die 3M besitzt einen Yorkshire namens *Baby,* der unserer Meinung nach aussieht wie eine Langhaar-Ratte.

Die drei Girls tragen wie üblich High-Heels-Stelzenschuhe, die eher negativ optimal für einen steilen Berg sind. Da sie ihr ganzes Gepäck nicht auf einmal tragen können, schieben sie einen Teil ihrer Koffer zehn Meter den Weg hinauf und gehen dann zurück, um den Rest zu holen. Gerade als sie wieder oben sind, rollen ihre Koffer zurück an den Fuß des Berges. Die Girls motzen derbst herum, gehen zurück, um die ersten Koffer zu holen – aber als sie wieder oben sind, rollen diesmal die anderen Koffer zurück nach unten. So geht es ungefähr zwanzig Mal hin und her, aber die Hohlbirnen-Mädchen kapieren einfach nicht, dass sie so nicht vorwärtskommen.

Die Folge davon ist logisch-klar. Die ganze Klasse bleibt stehen, guckt den Girls bei ihrer Koffer-Challenge zu – und lacht sich schlapp.

Schließlich donnert Laddi wieder mit Hulk-Stimme los: »Abdi! Gleb! Jawid! Eymen! Ihr helft den Mädchen mit ihrem Gepäck! Und ich will keine faulen Ausreden hören!«

Logisch-ist-klar, dass wir jede Menge faule Ausreden von uns geben. Tussi-Girls beim Gepäcktragen helfen? Geht gar nicht!

Nützt aber nix. Laddi meint es ernst. Am Ende sind wir jeder voll beladen mit dem ganzen Girls-Gepäck und schleppen uns schwitzend und fluchend den Berg hinauf.

Ich muss auch noch die Tasche mit dem *Diamond*-Hamsterhund tragen, der mich die ganze Zeit anknurrt und mir sogar ein paar Mal in den Finger beißt. Er ist erst ruhig, als ich ihm damit drohe, ihn in ein Brötchen zu stecken und als Hotdog zu verspeisen.

Ich finde die Jugendherbergsburg inzwischen übrigens überhaupt nicht mehr porschig, sondern nur noch opelig! Wenn ihr wisst, was ich meine.

Dann aber überrascht Laddi uns, indem er verkündet: »Als Anerkennung für eure Hilfsbereitschaft bekommt ihr vier das beste Zimmer in der Burg – das Turmzimmer!«

»Echt jetzt?«, fragen Jawid, Gleb, Eymen und ich wie aus einem Mund.

»Ober-echt«, antwortet Laddi und nickt uns zu.

Kurz darauf stürmen wir in Überschallgeschwindigkeit in Richtung Burg. Dabei tragen wir nicht nur die ganzen Koffer der Girls, sondern wir haben gleich die Mädchen selbst huckepack genommen!

JUSTUS:
Besuch von den Nerd-Zwergen

Zwei Stunden später sitzen wir beim Abendessen im großen Speisesaal der Burg. Es ist ein riesiger Raum mit einer hohen Gewölbedecke und Säulen in der Mitte. An den Wänden hängen Ölgemälde und in den Nischen stehen alte Ritterrüstungen, die Schwerter und Lanzen in den Händen halten.

Unsere Stimmung ist nicht die allerbeste. Liegt daran, dass Abdi und die Gangster im Turmzimmer übernachten dürfen.

Wir dagegen teilen uns ein langweiliges, kleines Zimmer im Erdgeschoss.

Unsere Erzfeinde können aus ihrem Fenster kilometerweit übers Land gucken und sich vorkommen wie edle Ritter oder Könige aus dem Mittelalter.

Wir blicken aus unserem Fenster direkt auf die Mülltonnen hinter der Herbergsküche und können uns vorkommen wie mittelalterliche Knechte oder Diener.

Schließlich knurrt Adam[2], der ja eigentlich nie etwas sagt: »Jetzt mal ehrlich, Leute. Warum haben wir den Girls nicht geholfen? Wäre echt schlauer gewesen. Jetzt müssen wir eine Woche lang in einer Bruchbude hausen!«

Kira, Rahul und Derek stimmen ihm grummelnd zu.

Ich bin auch ziemlich zerknirscht. Dann aber schummelt sich ein kleines, aber unübersehbares Streichinator-Grinsen auf mein Gesicht. Die anderen sehen mich verständnislos an und Derek fragt: »Warum grinst du, Justus? Gefällt es dir etwa, in einem Zimmer mit Ausblick auf die Mülltonnen zu wohnen?«

»Bestimmt nicht.«

»Aber?«

»Na ja, also ich habe da so eine Idee …«

Sofort springt der Funke über und auch Derek, Kira, Rahul und Adam^2 fangen an zu grinsen. »Na los, erzähl schon«, drängelt Kira.

»Die Idee kam mir vorhin schon, als das Wort Turmzimmer zum ersten Mal fiel. Da wusste ich, dass es die ideale Streiche-Location ist! Die Gangster-Schwachmaten sind doch total abergläubig. Und zwar nicht nur Gleb, Jawid und Eymen, sondern auch der obercoole Hab-keine-Angst-vor-gar-nichts-Checker Abdi! Er hat nämlich sehr wohl Angst vor etwas: vor Geistern! Dass er und die Gangster im Turmzimmer übernachten, ist doch total super! Denn mal ehrlich, Leute. Wo wohnen normalerweise Geister und Gespenster in einer alten Burg? Bingo! Natürlich im Turm …«

Die anderen sind sofort Feuer und Flamme, vor allem als ich sie an unseren großartigen Das-verhexte-Klassenzimmer-Streich erinnere. Damals haben wir Abdi und die Gangster schon einmal mächtig reingelegt, indem wir sie glauben ließen, die Schule wäre verflucht worden. Diesmal wird es noch viel besser werden! Schließlich eignet sich kein Ort besser für Geisterstreiche als eine alte Burg.

Wir fangen gerade an, erste Ideen zu wälzen, als uns ein donnerlautes Hüsteln direkt hinter uns unterbricht. Wir drehen uns langsam um und blicken in die grinsenden Gesichter von Abdi und den Gangstern.

»Hey, Mutanten! Was habt ihr zu flüstern? Stören wir etwa?«, fragt Abdi mit der liebenswürdigen Stimme eines Chicago-Gangsters, der gleich seine vollgeladene Maschinenpistole abfeuert.

»Kein Problem, ihr stört weniger als ein Pickel am Hintern oder eine Warze auf der Nase. Könnt euch gerne an unseren Tisch setzen«, antworte ich lässig.

»Sitze ich lieber im Gefängnis als mit euch am Tisch. Also, was heckt ihr aus?«

»Gar nichts, Abdi. Wir quatschen einfach nur herum. Die Burg gefällt uns und wir freuen uns auf die Woche, die vor uns liegt.«

»Klar, eine Woche lang beste Aussicht auf Mülltonnen und Küchenabfälle. Da haben Typen wie ihr natürlich gute Laune«, kichert Gleb heiser. Die anderen Gangster

stimmen mit ein. Es klingt für meine Ohren wie eine Herde Milchkühe mit Reizhusten.

»Wartet es ab, Leute. Wer zuletzt lacht, lacht am besten«, sage ich.

»Ist original korrekt, Bieber. Aber egal, was du vorhast, es wird nicht klappen. Und selbst wenn es klappt, ist gar nichts im Vergleich zu dem, was wir vorhaben.«

»Versprich nichts, was du nicht halten kannst, Abdi. Wir haben es dir doch inzwischen oft genug bewiesen. Wir sind die Streiche-Könige der Schule. Ihr werdet es schon sehen.«

»Ist umgekehrt, Bieber! Wir sind die Streiche-Könige und ihr werdet schon noch sehen!«

So geht es hin und her wie bei einem Tennismatch. Nur, dass wir keinen Ball hin- und herschlagen, sondern wüste Streiche-Drohungen.

Plötzlich aber hören wir eine hohe, seltsam näselnde Stimme, von der wir zuerst gar nicht wissen, woher sie kommt: »Vielleicht könnt ihr mal kurz 'ne Pause machen bei eurem Wir-sind-die-besten-Streichespieler-der-Welt-Gequatsche. Wäre das okay? Wir wollen euch nämlich kurz Hallo sagen.«

Abdi und ich blicken uns suchend um. Wer, bitte schön, hat die Stirn, uns bei unserem Streiche-Battle-Droh-Geplänkel zu stören? Und dann noch mit einer solchen Unverschämtheit?!

Schließlich entdecken wir zwei klein gewachsene Nerds

mit dicken Brillen und blassen Gesichtern. Offenbar sind sie von Tisch zu Tisch gegangen und haben jeden aus unserer Klasse begrüßt. Und jetzt sind sie bei uns angekommen und stehen mehr oder weniger direkt hinter uns. Die beiden sind genauso alt wie wir und gehören zu der anderen Schulklasse, die auch hier auf der Burg übernachtet. Keine Ahnung, woher sie kommen und auf was für eine Schule sie gehen. Sie sitzen auf der anderen Seite des Speisesaals und haben sich bisher nicht um uns gekümmert. Genauso wenig wie wir uns um sie gekümmert haben.

»Hm, ja ... klar ist es okay, wenn ihr Hallo sagt. Ist sogar nett von euch«, antworte ich.

Die beiden Nerds lächeln freundlich. Dann sagt einer von ihnen: »Das dachten wir uns auch. Ist schließlich besser, wenn man sich kennenlernt. Weil wir, also eure Klasse und unsere Klasse, ja hier in derselben Jugendherberge wohnen. Wir sind übrigens schon gestern gekommen.«

Jetzt begrüßen auch Rahul, Kira, Derek und Adam[2] die beiden. Und danach folgen Abdi, Gleb, Jawid und Eymen unserem Beispiel und knurren einen mehr oder weniger freundlichen Gruß.

Dann aber grinst Abdi die beiden Nerds schräg an und sagt: »Das mit Hallo ist erledigt, oder was? Also, verduftet

jetzt wieder. Wir haben gerade etwas Wichtiges zu besprechen.«

»Oh, das tut uns natürlich echt leid! Das wussten wir nicht. Was habt ihr denn zu besprechen? Hat es etwas mit Streichen zu tun? Klang gerade so! Toll, echt. Weil, wir bewundern Streichespieler!«, erklärt der eine Nerd und seine Stimme überschlägt sich fast.

»Am liebsten würden wir auch mal einen Streich spielen. Aber wir trauen uns nicht«, erklärt der andere Nerd kleinlaut.

»Aber vielleicht können wir uns bei euch ja etwas abgucken«, sagt Nerd Nummer 1.

»Das wäre total toll!«, fügt Nerd Nummer 2 hinzu.

Ich sehe mir die beiden nun etwas genauer an. Sie sind drollige Typen, die es bestimmt ihren ganzen Mut gekostet hat, uns überhaupt anzusprechen. Sie gehören zu der Sorte Schüler, die garantiert noch nie in ihrem Leben etwas Verbotenes getan haben – weil sie ihre Zeit damit verbringen, Hausaufgaben zu machen, sich in der Mathe-AG zu engagieren oder zu Hause an ihren Computern an einer neuen Formel herumzutüfteln, mit der sie die Relativitätstheorie von Albert Einstein verbessern wollen.

Die beiden stellen sich als Lukas und Till-Philipp vor. »Wir kommen übrigens vom Robert-Koch-Gymnasium. Wisst ihr, wer Robert Koch war?«, fragt Lukas.

»Klar, das war ein voll berühmter Küchenchef, ein Koch halt. Hat Spaghetti Tuberkulose erfunden«, antwortet Abdi.

»Nicht ganz. Robert Koch war ein berühmter Arzt, der den Nobelpreis für Medizin bekommen hat.«

»Als ob ich das nicht wüsste, du Taubmuschel«, zischt Abdi, aber die beiden Nerds hören ihn nicht.

»Von welcher Schule kommt ihr denn?«, fragt Till-Philipp.

»Wir gehen auf die Albert-Einstein-Gesamtschule. Habt ihr eine Ahnung, wer das war?«, knurrt Abdi.

Die beiden Nerds rollen mit den Augen. »Das weiß ja wohl jeder. Einstein ist der Erfinder der Relativitätstheorie«, erklärt Lukas.

»Nicht ganz«, widerspricht Abdi. »Einstein war der kleinere Bruder von Zweistein. Und der hat das berühmte Anti-Nerd-Spray erfunden. Wenn ihr nicht allmählich Leine zieht, hole ich meine Dose heraus und sprühe euch voll.«

Die beiden Nerds wechseln einen kurzen Blick, dann antwortet Till-Philipp mit überraschend lässiger Stimme: »Schon gut, ihr Ober-Streichespieler. Wir wollen ja auch gar nicht stören. Also, bis dann. Man sieht sich.«

Die beiden drehen sich um und kehren zu ihrem Tisch zurück. Es gibt schon seltsame Typen, denke ich. Obwohl, irgendwo tief in mir drin verspüre ich so etwas wie Misstrauen. Vielleicht sind die beiden Nerds in

Wirklichkeit gar nicht so weltfremd, verkorkst und unschuldig, wie sie tun. Vielleicht hecken sie auch etwas aus. Ihre seltsamen Fragen und die ganzen Sprüche, von wegen sie wollen auch mal einen Streich spielen, waren doch irgendwie verdächtig. Wir sollten besser ein Auge auf sie haben ...

ABDI:
Ein Hauch von Spuk

Nach dem Essen gehen wir zurück auf unser Zimmer. Wir lachen und quatschen dabei und haben die beste Laune von Welt. Logisch-ist-klar, schließlich sind wir Todesstern-ist-zerstört-mäßig zufrieden. Die Burg ist fett, das Essen noch fetter und unser Turmzimmer am **allerfettesten.**

Wir kommen uns vor wie König Abdi und die Ritter der Schwafelrunde!

Als wir die letzten Stufen der ewig hohen Schnauf-Stöhn-Schwitz-Turmtreppe gemeistert haben und die Tür zu unserem Turmzimmer öffnen, passiert allerdings etwas Seltsames. Gleb, der als Erster reingehen will, prallt vor Schreck regelrecht zurück – so als wäre er gegen ein Trampolin gerannt. Ich muss

ihn festhalten, damit er nicht die Wendeltreppe bis ganz nach unten zurückpurzelt.

»Ey, Checker, was los?«, frage ich ihn.

Gleb zeigt mit zitterndem Finger ins Zimmer und stammelt: »Gei... Gei... Geisteralarm!«

»Red keinen Unsinn. Gibt nix keine Geister. Und wenn doch gibt, dann jetzt noch nicht, weil ist nicht Mitternacht, oder was.«

»S... S... Sieh selbst!«, stottert Gleb mit Furcht-Schockstimme.

Ich stoße die Tür auf und betrete unser Zimmer. In derselben Sekunde trifft auch mich der original Gruselgeister-Schockschreck! Es stimmt wirklich! In unserem Zimmer haben sich die Geister ausgetobt! Kann gar keine andere Erklärung geben für das, was ich erblicke.

In der Mitte des Zimmers steht der Tisch. Auf dem Tisch sind alle Stühle aufgestapelt. Auf den Stühlen sind unsere Koffer. Und auf den Koffern sind alle unsere anderen Sachen bis oben an die Decke getürmt! Auf dem Fußboden drum herum sind mit

Zahnpasta seltsame Geisterzeichen und Spuksymbole gemalt.

Ich rufe die anderen ins Zimmer und sie kommen mit Zitter-Wackelpudding-Beinen herein.

»Das ist ganz klar ein Po-Po-Poltergeist-Turm«, stottert Gleb. Er ist eigentlich ein super-mutiger Kommt-aus-Kasachstan-Checker, der vor gar nichts Angst hat. Vor Geistern aber eben doch.

»Vie... Vie... Vielleicht ist es aber auch ein Schlo-Schlo-Schlossgespenst-Turm«, fügt Jawid mit Zitterstimme hinzu. Jawid ist eigentlich ein cooler Kommt-aus-Afghanistan-Checker, der auch vor gar nichts Angst hat. Vor Gespenstern aber eben doch.

Ich sage erst einmal gar nichts, sondern sehe mir den Geisterturm und die seltsamen Zeichen am Boden in aller Ruhe an. Dann geht mir eine LED auf und ich muss plötzlich lachen! Popo-Geister? Schloschlo-Gespenster? Von wegen! Das hier hat total-klar nix-null-zero mit Geistern zu tun!

Ich muss immer noch lachen, woraufhin Gleb ruft: »Abdi ist von einem Lach-Dämon besessen!«

»Oder von einem Schlossgeist mit einem Lach-Fluch verhext worden!«, entgegnet Jawid.

»Oder ein Gespenst hat sein Gehirn mit einem Lachsack ausgetauscht«, sagt Eymen.

Ich wische mir die Lachtränen aus den Augen und gucke die Gangster herausfordernd an: »Mann, Checkers, wie baby-blöd seid ihr? Das hier hat zero-nix mit Geister-Dämonen zu tun. Es waren der Bieber-Schwachmat und die Mutanten, die das hier gemacht haben! Es ist ein Streich! Sie wollten, dass wir herumlaufen und was von Geistern faseln! Damit sich alle über uns kranklachen!«

Gleb, Jawid und Eymen sehen mich an – und dann müssen sie auch lachen.

Klar, das ist die einzige logisch-ist-klar-Erklärung, die es gibt! Geister gibt es schließlich nicht. Das hier ist nur ein total dämlicher Mutanten-Streich!

Wir bauen den Geister-Turm wieder ab und machen es uns im Zimmer gemütlich. Den Rest des Abends hören wir Musik, futtern tonnenweise Chips und Snickers und schmieden Pläne, wie wir es den Mutanten heimzahlen können.

Vor allem aber nehmen wir uns vor, kein Wort über die Sache zu verlieren. So verderben wir ihnen am besten den Spaß.

Als wir schon im Bett liegen und das Licht ausgemacht haben, sagt Gleb leise: »Eins verstehe ich nicht. Der Bieber und die Mutanten sind doch die ganze Zeit mit uns beim Abendessen gewesen. Sie haben doch gar keine Zeit gehabt, um unser Zimmer umzuräumen …«

»Halt die Klappe und schlaf«, antworte ich. Dabei kann ich selbst nicht schlafen. Weil: Gleb hat voll recht. Irgendwie ist die Sache voll seltsam.

JUSTUS:
Der Wald ist online

Am nächsten Tag brechen wir nach dem Frühstück zu einer Wanderung auf. Wir stapfen durch den Wald und ein Förster erzählt uns etwas über Bäume und dass sie ganz anders sind, als wir gedacht haben. Also dass sie nicht einfach nur so herumstehen und im Sommer Blätter haben und im Winter keine. Angeblich können Bäume miteinander reden, haben so eine Art Pilz-Internet und warnen sich gegenseitig, wenn ihnen Schädlingskäfer die Rinde annagen wollen. All das hätten Wissenschaftler herausgefunden.

Ich melde mich und bitte den Förster darum, nicht so laut zu sprechen, weil die Bäume gerade eine wichtige Besprechung haben und nicht gestört werden wollen.

Derek wiederum fragt kurz darauf, ob die kleinen Bäume, die noch in die Baumschule gehen, auch schon

Pilz-Internet haben. Und warum wir dann an unserer Schule kein Internet haben? Und ob das nicht bedeuten würde, dass der Wald moderner ist als die Einstein-Gesamtschule! Und dass das doch voll peinlich wäre.

Die ganze Klasse lacht und der Förster bekommt vor Wut Schluckauf. »Haltet einfach die Klappe und geht weiter! Es macht echt keinen Spaß, mit Stadtkindern wie euch in die Natur zu gehen«, grummelt er.

Wir zucken mit den Schultern: »Das haben wir unseren Lehrern schon beim Frühstück gesagt: Waldwanderungen machen nie Spaß! Ist viel zu anstrengend! Außerdem, wenn die Bäume sowieso alle online sind, könnten wir ja auch mit ihnen chatten!«

Laddi, der schon wieder einen ganz roten Kopf bekommen hat, mischt sich ein und schreit: »Klappe! Wenn ihr nichts Vernünftiges zu sagen habt, seid lieber ruhig!«

»Okay, dann sagen wir halt nichts mehr. Aber Sie auch nicht.«

Wir marschieren weiter und der Förster erzählt uns etwas über die Tiere im Wald, also über Rehe und Hirsche, über Wildschweine und Füchse, über Hasen und Luchse. Neuerdings würde es in manchen Teilen von Deutschland sogar wieder Wölfe geben, erklärt er. Das wäre gut für die Natur, denn die Wölfe seien ein wichtiger Bestandteil im ökologischen Kreislauf. Wir bräuchten aber keine Angst zu haben, denn in dieser Gegend gäbe es keine Wölfe ...

Daraufhin meldet Abdi sich und fragt: »Dann waren das bestimmt nur ein paar Schäferhunde, die ich vorhin im Gebüsch gesehen habe, oder? Ich dachte nämlich schon ...«

Der Förster wird blass, genau wie Laddi und die Bri-Lu. Sie sehen Abdi misstrauisch an und die Bri-Lu sagt: »Das ist nicht witzig, Abdi.«

»Sie meinen, weil die Schäferhunde sich vielleicht verlaufen haben? Und ihre Besitzer sie bestimmt schon suchen?«

Der Förster wendet sich an die anderen in der Klasse und fragt: »Hat noch jemand von euch die ... äh ... Schäferhunde gesehen?«

Dreißig Finger schnellen in die Höhe und alle plappern wie wild durcheinander. Manche unserer Mitschüler meinen, dass es keine Schäferhunde, sondern Pudel waren. Andere meinen, dass es regelrechte Monster mit riesigen Fangzähnen und roten Augen waren und dass sie geknurrt und gefaucht hätten – und dass außerdem unser Mitschüler Torben-Matthias seit vorhin verschwunden wäre ...

Die Bri-Lu muss ihr Notfall-Asthma-Spray nehmen und Laddi bekommt

eine heftige Schwitzattacke. Der Förster sitzt da schon längst auf einem Baumstumpf und nagt an seinen Fingernägeln. Genau in dem Augenblick gibt *Diamond,* der unterbelichtete Chihuahua von Pupa, also Samanta Puffpaff, ein seltsames Knurr-heul-Geräusch von sich. Der Förster zuckt zusammen, springt auf die Füße, nimmt sein Gewehr, das er bisher über der Schulter getragen hat, lädt es durch und schreit: »Zeig dich, du Biest! Ich bin bereit! Ich durchlöcher dich mit Schrot, dass du aussiehst wie eine wandelnde Käsereibe!«

In diesem Augenblick raschelt es hinter uns im Gebüsch. Alle drehen sich um und starren zwischen die Blätter. Torben-Matthias zwängt sich zwischen den Zweigen hindurch, zieht sich den Reißverschluss seiner Hose hoch, merkt dann erst, dass ihn alle anstarren – und der Förster mit seinem Gewehr auf ihn zielt.

Er zuckt mit den Schultern und fragt: »Was denn? Ist es so schlimm, dass ich mal in die Büsche musste? Wird man dafür neuerdings

erschossen? Dann hätte ich wohl besser eingekniffen!«

Wir lachen alle erleichtert. Auch Laddi und die Bri-Lu wirken wieder relaxt. Nur der Förster murmelt etwas vor sich hin, von wegen, dass er nie wieder mit einer Schulklasse in den Wald geht und dass Stadtkinder eine Zumutung wären und überhaupt ...

Wir marschieren weiter. Dass Abdi und ich gerade gemeinsam den Förster geärgert haben, hätte ich heute Morgen übrigens noch nicht für möglich gehalten. Eigentlich sind wir, also ich und die Buddys, stinksauer auf Abdi und die Gangster. Liegt an der Überraschung, die sie uns gestern Abend bereitet hatten.

Als wir nach dem Abendessen unser Zimmer betraten, sah es dort aus, als wäre ein Tornado durchgezogen. Nichts war mehr an seinem ursprünglichen Platz, und zwar nicht nur unsere Taschen, Koffer und Anziehsachen, sondern sogar die Betten, der Tisch und alle Stühle.

Alles war zu einer seltsamen Pyramide aufgeschichtet, die sich mitten im Zimmer aufgetürmt hatte. Davor waren auf dem Fußboden seltsame Zeichen gemalt, und zwar mit Zahnpasta. Es waren uralte Runen und mysteriöse Symbole, von denen wir gar nicht wussten, dass Abdi oder die Gangster so etwas überhaupt kennen. Darum dachten wir im ersten Moment sogar, dass es in der Burg vielleicht wirklich spukt – und dass sich ein paar Geister in unserem Zimmer ausgetobt hätten. Aber so etwas gibt es ja gar nicht. Das Ganze musste also auf das Konto von Abdi und den Gangstern gehen! Ihr könnt euch vorstellen, dass uns das doppelt und dreifach geärgert hat. Schließlich war es ja unsere Idee, Abdi und die Gangster mit einem Geisterstreich hereinzulegen! Aber jetzt hatten sie dasselbe mit uns gemacht.

Wir beschlossen, kein Wort über die Sache zu verlieren und ihnen so die Freude an der Aktion zu verderben.

Eine Antwort würden sie natürlich trotzdem von uns erhalten – und zwar in Form eines saftigen Rache-Streichs! Dagegen würde ihr komischer Geisterturm wie eine Witznummer wirken!

ABDI:

Was auf den Tisch kommt, wird nicht gegessen!

Das Restaurant, in dem wir zum Mittagessen haltmachen, sieht aus wic cine Filmkulisse für einen Retro-langweil-in-den-Bergen-sind-alle-glücklich-Film. Das Gebäude ist aus Holz und unter den Fenstern sind Blumen, und auf der Wiese davor stehen ein paar Kühe, die Bimmelbommel-Glocken um den Hals tragen. Sind natürlich auch total glücklich, die Kühe. Das Gasthaus heißt »Zum Goldenen Ochsen«.

Kurz darauf stellt die Kellnerin – sie sieht aus wie die Moderatorin einer Volksmusikantenshow – riesige

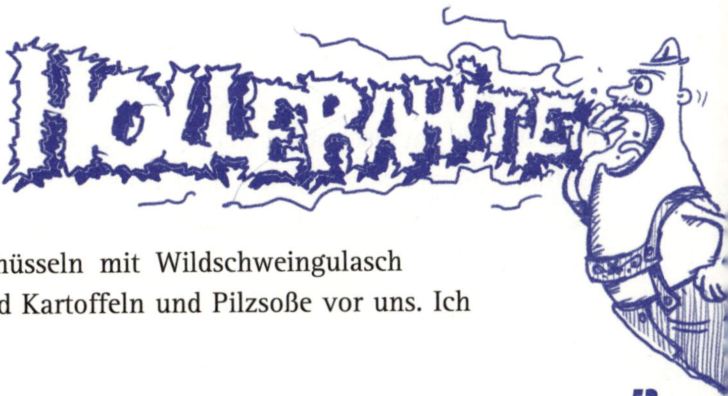

Schüsseln mit Wildschweingulasch und Kartoffeln und Pilzsoße vor uns. Ich

will mir gerade den Teller vollschaufeln, als Jawid plötzlich sagt: »Moment, Checker, bissu Muslim, oder was? Kannsu Wildschwein nicht essen!«

»Wieso? Ist doch kein Schwein-Schwein, sondern Wild-Schwein!«

»Geht trotzdem nicht! Weil, ist ja Wildschwein-Schwein, also auch Schwein.«

Ich kratze mich am Kopf. Jawid hat recht. Das Essen sieht lecker aus, ist aber voll *haram*-mäßig verboten!

»Dann esse ich halt Vegetarier-mäßig nur Pilze und Kartoffeln«, knurre ich schlecht gelaunt.

Rahul, der Zwerg aus Bangladesch, der zu Biebers Mutanten-Gang gehört, schaltet sich ein und meint: »Kein Stress, Abdi. Ich bin auch Vegetarier. Ist sowieso gesünder.«

»Was hast du dazu zu sagen? Bissu auch Muslim, oder was?«

»Nein, ich bin Hindu. Wir essen zu Hause überhaupt kein Fleisch, also weder Schwein noch andere Tiere. Wegen Karma und so.«

»Kein Wunder, dass du so klein bist.«

Michaela, also die 3M, die gegenüber sitzt, raunzt mich an: »Red keinen Müll, Abdi. Du bist doch selbst klein!«

»Sag das noch mal, Tussi.«

»Bist ein Zwerg, Abdi. Aber deine Klappe ist riesig«, wiederholt sie fauchend. »Außerdem bin ich auch Vegetarierin. Das hat also gar nichts mit der Größe zu tun.«

Stimmt blöderweise. Michaela ist Topmodel-mäßig riesig. »Und bist du auch Hindu, oder was?«, frage ich sie.

»Blödsinn. Mir tun einfach nur die Tiere leid.«

»Mir auch!«, ruft daraufhin die Algenkotz.

»Mir auch!«, ruft die Pupa.

»Mir gar nicht«, antworte ich knurrend.

Derek Müller, den wir Walfisch nennen, weil er mehr essen kann als ein Rudel Blaupott-Killerwale nach einem Atlantikwettschwimmen, mischt sich ebenfalls ein und fragt: »Kann ich dann eure Gulasch-Portionen haben, Abdi? Jawid? Pupa? 3M? Nuri? Kann ich? Weil, ich bin weder Muslim noch Hindu noch tut mir irgendjemand leid. Ich esse alles.«

»Vergiss es, Walfisch. Ich füttere lieber die Schäferhund-Wölfe mit meinem Essen, als es dir zu geben.«

»Meine Portion kannst du haben. Aber nur wenn du mich auf dem Rückweg trägst«, flötet die 3M.

»Mich auch! Mich auch!«, rufen die anderen Mädels.

»Könnt ihr nicht mal in aller Ruhe essen?!«, schreit daraufhin die Bri-Lu, die uns schon die ganze Zeit kopfschüttelnd zugehört hat.

»Wieso? Tun wir doch. Wir essen und unterhalten uns dabei. Über Religon und Mampfregeln. Also darüber, wer was isst und nicht isst und warum und warum nicht und so. Ist alles easy, Miss Bri-Lu. Echt jetzt total«, antworte ich – und alle anderen am Tisch geben mir recht.

Daraufhin muss die Bri-Lu wieder ihr Asthma-Notfall-Spray nehmen und Laddi bekommt wieder Schwitzanfälle.

Dann taucht die Kellnerin auf. Sie kommt zum Tisch und sagt: »Mensch, Jungs, warum habt ihr denn nicht vorher gesagt, dass ihr kein Schwein esst? Ist doch kein Problem. Ich bringe euch eine Schüssel Hirschgulasch. Das schmeckt auch prima und ist voll *halal!*«

»Echt jetzt, oder was?«, frage ich überrascht.

»Ja, voll krass echt jetzt, Digga!«, antwortet sie und zwinkert mir zu.

Kurz darauf stopfen wir uns die Bäuche mit dem besten Hirschgulasch aller Zeiten voll. Außerdem sind wir jetzt auch: voll glücklich.

Auf dem Rückweg zur Jugendherberge gehen wir ein gutes Stück hinter den anderen. Wir schmieden Pläne, wie wir uns an den Mutanten für ihren Geisterturm-Streich in der letzten Nacht rächen können! Nach ein bisschen Grübel-Grübel und Kratz-den-Kopf haben wir eine geniale Idee. Die Mutanten wollten uns mit dem Geister-Turm Angst machen? Das ist nichts gegen das, was sie heute Nacht erleben werden! Wir sorgen dafür, dass sie Besuch von ein paar original Geister-Rittern bekommen werden! Jede Wette, dass sie vor Schreck zu den Lehrern rennen und sich zitter-bibber-mäßig bei der Bri-Lu und bei Laddi unter der Bettdecke verstecken werden!

JUSTUS:

Meine ganz spezielle Streiche-Ausrüstung!

Am frühen Abend sind wir zurück auf der Burg. Wir sind alle total erledigt, haben Blasen an den Füßen und fragen uns, ob man nicht für jeden Tag Klassenfahrt einen Sondertag Ferien verdient hätte. Zur Erholung!

Immerhin ist das Abendessen wieder total lecker. Während wir den Nachtisch löffeln, sehe ich aus den Augenwinkeln, wie die beiden Nerd-Zwerge von der anderen Schule, Lukas und Till-Philipp, wieder ihre Runde machen. Sie quatschen erst mit Abdi und den Gangstern

und kommen dann an unseren Tisch. »Na? Habt ihr eine schöne Wanderung gemacht?«, fragt Lukas.

»War in Ordnung«, antworte ich kurz angebunden. Ich habe keine Lust, mit den beiden Schlaubi-Schlumpf-Typen zu reden. Außerdem stören sie uns bei unserer Streiche-Planung.

»Ihr seid bestimmt total erledigt, richtig? Und jetzt wollt ihr nur noch schlafen, stimmt's?«, fragt Till-Philipp.

»Stimmt genau«, antworte ich.

»Oder wollt ihr vielleicht einen Streich spielen? Weil ihr doch Streichespieler seid? Haben wir ja schon gestern mitbekommen.«

Ich sehe die beiden misstrauisch an. Was sollen diese seltsamen Fragen und Andeutungen? Ach, egal, Lukas und Till-Philipp sind halt Nerds. Die quatschen immer blöd herum. »Klar sind wir Streichespieler. Aber im Moment legen wir eine Pause ein. Da läuft nichts. Wir wollen nur möglichst bald schlafen gehen und uns erholen«, erkläre ich und gähne übertrieben laut.

»Na, dann gute Nacht«, sagt Till-Philipp und gähnt ebenfalls. Sein Kumpel Lukas fügt mit müder Stimme hinzu: »Wir gehen jetzt auch schlafen. Obwohl wir es auf unserem Zimmer ein wenig unheimlich finden ... vielleicht spukt es auf der Burg ja?! Glaubt ihr an Geister? Wir dachten ja bisher, dass es für alles eine wissenschaftliche Erklärung gibt, aber hier sind angeblich schon Dinge passiert, die lassen sich nicht erklären ...«

Noch bevor wir etwas antworten können, drehen Lukas und Till-Philipp sich um und kehren an ihren Tisch zurück. Beide haben ein seltsames Grinsen im Gesicht. Wir blicken ihnen nach und fragen uns, ob die beiden einfach nur hirnlose Schwammköpfe sind oder vielleicht doch eher unterbelichtete Hohlbirnen.

Direkt nach dem Essen ziehen wir uns auf unser Zimmer zurück. Aber von Schlafen und Erholung kann natürlich keine Rede sein.

Mit einer feierlichen Bewegung lege ich meinen Koffer aufs Bett und öffne das Geheimfach im unteren Teil. Ist ja klar, dass ich niemals ohne meine Spezial-Streiche-Ausrüstung auf Klassenfahrt fahren würde.

Nach und nach breite ich alles aus, was ich mitgebracht habe. Dann blicken wir alle gemeinsam auf meine Sammlung aus Seilen und Werkzeugen, Masken und Umhängen, Schminke, Knetgummi, Sekundenkleber und tausend anderen nützlichen Dingen, die man unbedingt braucht, wenn man ein professioneller Streichespieler sein will.

Wie überlegen, wie wir unseren Geisterstreich am besten durchführen können und was für Material wir dafür brauchen, als Derek auf den kleinen Kasten zeigt, den ich ganz am Rand des Geheimfachs verstaut habe. »Und was ist das da?«, fragt er.

»Das habe ich mir von meinem Onkel geliehen. Na ja, nennen wir es mal leihen, weil – er weiß nichts davon«, erkläre ich.

»Jetzt zeig schon!«, drängelt Kira, der genauso neugierig ist wie die anderen.

Grinsend öffne ich den Kasten und hole die kleine Kameradrohne hervor, mit der mein Onkel uns neuerdings auf Familienfeiern immer nervt. Er lässt das Ding immer über

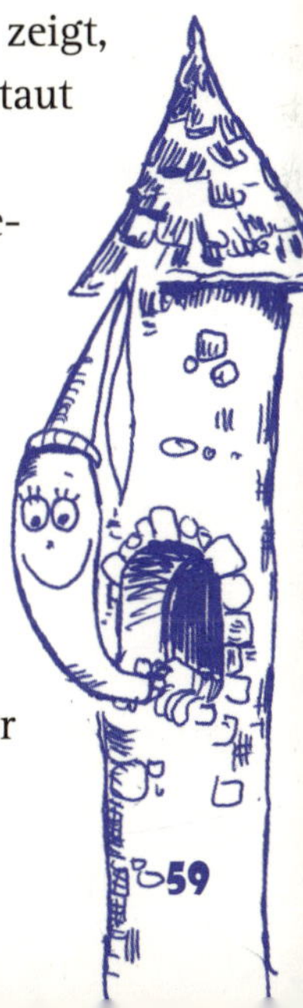

unseren Köpfen schwirren, um verrückte Fotos aus der Vogelperspektive zu machen. Meine Tante hat sie mal aus Versehen an die Wand gepfeffert, weil sie dachte, dass es ein lästiges Insekt wäre.

Ich schalte die Drohne ein und öffne die App auf meinem Handy, mit der man sie lenken kann. Dann lasse ich sie langsam vom Boden abheben.

Gemeinsam starren wir auf die Drohne, die langsame Kreise durch unser Zimmer dreht. Schließlich erscheint auch schon auf unseren Gesichtern dieses ganz spezielle Grinsen. Ohne dass wir es aussprechen müssen, denken wir alle dasselbe. Aus einer ferngesteuerten Drohne lässt sich ohne großen Aufwand ein schwebender Schlossgeist herstellen! Mit dem werden wir Abdi und den Gangstern heute Nacht den Schreck ihres Lebens einjagen ...

ABDI:
Der rostige Ritter

Es ist mitten in der Nacht. In der Burg herrscht Stille, weil inzwischen alle in ihren Zimmern sind und schlafen. Wir aber hocken seit über einer Stunde im stockdunklen Essenssaal der Burg und versuchen, Jawid eine der alten Ritterrüstungen anzulegen, die hier herumstehen! Gar nicht so einfach! Weil, Rüstung-Anlegen ist Schwerstarbeit. Es ist tausendmal anstrengender, als wenn wir uns samstagsabends für eine Party aufstylen!

Trotzdem lassen wir nicht locker. Schließlich ist das unser Plan für heute Nacht. Jawid wird das Zimmer der Mutanten besuchen und dort den Geister-Ritter spielen ... jede Wette, dass der Bieber und seine Schwachmaten-Freunde den Schreck ihres Lebens bekommen und um Gnade winseln werden! Dann tauchen wir anderen auf und lachen uns angemessen schlapp. Die Mutanten werden gar nicht anders können, als zuzugeben, dass wir die Streiche-Kings sind!

Endlich haben wir es geschafft! Jawid hat sich in einen Ritter verwandelt, trägt Metall-Hosenbeine, einen Metall-

Brustkorb, Metall-Ärmel und Metall-Schuhe. Als Letztes setzen wir ihm den Metall-Helm auf.

»Mach mal ein paar Geister-Geräusche«, fordere ich ihn auf.

Jawid macht *Huuuu Huuuu.* Da seine Stimme unter dem Helm hohl und blechern klingt, läuft sogar uns ein Schauer über den Rücken. Ich muss Eymens Hand halten, damit er nicht anfängt zu heulen.

»Und jetzt versuch, ein paar Schritte zu laufen«, fordere ich Jawid auf.

Jawid versucht, einen Fuß nach vorne zu setzen, schafft es aber nicht. »Geht nicht, Mann. Die Rüstung ist voll eingerostet.«

»Blödsinn. Versuch doller!«

Jawid stöhnt unter seinem Helm und tatsächlich bewegt sich die Rüstung einen Milimeter nach vorne. Dann verliert er ganz langsam das Gleichgewicht. Er versucht noch, sich auszubalancieren, aber gegen die Rüstung, die ja aus Eisen ist, und die Schwerkraft hat er null-Komma-gar-keine Chance. Er fällt mitsamt seiner Rüstung krachend zu Boden. Dabei gibt es einen so ohrenbetäubenden Schepper-Lärm, dass davon bestimmt die ganze Burg aufwacht.

Schepper **DRÖHN!!!**

Schepper

Verdammt! Wenn jetzt die Lehrer aufkreuzen, stecken wir rittertief in Schwierigkeiten. Schließlich müssten wir jetzt eigentlich schlafen. Und die Rüstungen anfassen ist streng verboten – hat Laddi vorhin extra noch einmal betont.

Wir stehen stocksteif vor Schreck da und trauen uns nicht, auch nur einen Muckser zu machen. Außer Jawid. Der liegt als verknoteter Altmetall-Haufen auf dem Boden und wimmert leise vor sich hin. Scheint wehgetan zu haben. Aber so schlimm ist es auch wieder nicht.

Wir lauschen in die Dunkelheit. Aber nichts passiert. Niemand kommt. Wir haben noch einmal Glück gehabt.

Mit vereinten Kräften stellen wir Jawid wieder auf die Füße. Dann sage ich zu ihm: »Versuch es noch einmal. Aber geh leiser, Digga! Mussu voll Gespenster-mäßig schleichen!«

Jawid hebt schnaufend den Blecharm und klopft sich Tock-Tock-mäßig an die Blechstirn. Dann zischt er: »Ihr seid total bescheuert, Checkers. Die Rüstung ist einfach zu schwer! Unser Plan funktioniert nicht.«

Wir setzen uns hin und grübeln herum, was wir anstellen können.

Schließlich schnippt Eymen mit den Fingern und strahlt: »Ich habe eine Idee. Wartet kurz. Ich bin gleich zurück.«

Er spurtet los und wir blicken ihm Fragezeichen-mäßig hinterher. Kurz darauf kommt Eymen hechelnd wieder. Er ist in unser Zimmer gerannt und hat sein elektrisches Hoverboard geholt. Wir ahnen, was er vorhat. Geniale Idee!

Mit vereinten Kräften heben wir Jawid hoch und stellen ihn mitsamt der Rüstung auf das Hoverboard.

»Los, versuch, dich zu bewegen!«, sage ich.

Jawid beugt sich vor, das Hoverboard nimmt Fahrt auf. Der Effekt ist Jedi-mäßig genial. Jawid sieht wirklich aus wie ein schwebender Geisterritter, der magic-mäßig durch die Gegend gleitet!

»Auf zum Zimmer der Mutanten, Leute! Jetzt kann nichts mehr schiefgehen!«

JUSTUS:
Streiche-Indianer auf dem Kriegspfad

Ein wolkenverhangener Sichelmond scheint durch die Fenster der Burg und verbreitet ein trübes Zwielicht. Wie spät ist es eigentlich? Keine Ahnung, aber auf jeden Fall schon tief in der Nacht und alle außer uns liegen in ihren Betten und schlafen.

Wir sind auf dem Weg zum Zimmer der Gangster. Ist leider viel komplizierter, als wir dachten. Die Burg ist nämlich das reinste Labyrinth und wir haben uns schon ein paar Mal verlaufen.

Dabei sind wir doch dem Schild mit dem Pfeil in Richtung Turmzimmer gefolgt. Seltsamerweise sind wir aber ganz woanders herausgekommen! Fast so, als wollte uns jemand in die Irre führen.

Wir schleichen gerade einen langen Flur entlang,

als ich plötzlich die Hand hebe und zische: »Still! Kein Wort!«

»Was ist los?«, fragt Derek flüsternd.

»Ich habe etwas gehört!«

»Und was?«

»Weiß nicht genau. Aber es klang ... unheimlich.«

Gemeinsam lauschen wir in die Dunkelheit. Dann hören es auch die anderen. Irgendwo gar nicht so weit von uns entfernt ist ein seltsames Geräusch.

»Klingt irgendwie wie ... Schritte«, flüstert Kira leise.

»Genau. Ich glaube, da schleicht jemand herum«, fügt Rahul hinzu.

Wir werfen uns besorgte Blicke zu. Wer könnte um diese Uhrzeit hier herumschleichen – außer uns? Dann aber ist es vorbei. Nichts mehr zu hören. Alles ist ruhig.

Ich schüttel den Kopf und murmele: »Wir haben es uns bestimmt nur eingebildet. Los, weiter.«

Wir setzen unseren Weg fort. Meine gute Laune von vorhin kehrt zurück. Unsere Streiche-Idee funktioniert total gut. Wir haben an die Drohne ein ultraleichtes weißes Seidentuch gehängt. Daran haben wir zwei winzige knallrote Leuchtdioden geklebt, die wie blutige Geisteraugen in der Dunkelheit glühen. Wenn wir die Drohne fliegen lassen, sieht sie aus wie ein magischer Schwebegeist. Wir können es kaum abwarten, die Gangster in ihren Betten aufzuwecken und zu sehen, wie sie vor Schreck zittern und heulen! Wenn sie dann kapieren, dass wir dahinterstecken, werden sie sofort zugeben, dass wir die STREICHEKÖNIGE sind!

Endlich erreichen wir den großen Speisesaal, den wir auf dem Weg zum Burgturm durchqueren müssen. Wir schleichen einer hinter dem anderen wie ein Indianerstamm auf dem Kriegspfad. Rahul, der ganz vorne geht, bleibt plötzlich stehen, sodass wir anderen nicht mehr stoppen können und gegen ihn laufen.

»Was ist los?«, zische ich ärgerlich.

Rahul zeigt mit schreckgeweiteten Augen auf eine Wandnische.

»Da stand beim Abendessen noch eine Ritterrüstung. Und jetzt ist sie verschwunden«, erklärt er mit Zitterstimme.

»Stimmt, ich erinnere mich auch«, bestätigt Derek.

»Das bedeutet ... dass die Rüstung unterwegs ist und durch das Schloss läuft.«

»Darum haben wir vorhin auch Schritte gehört ...«, sagt Kira und nagt dabei an den Fingernägeln.

»Blödsinn. Die wird bestimmt nur in der Küche sauber

gemacht oder so«, erkläre ich, habe aber selbst Schlotterangst.

Wir diskutieren mit Flüsterstimme herum. Plötzlich aber zucken wir alle vor Schreck zusammen. Wieder haben wir ein Geräusch gehört. Diesmal klang es, als wäre die Ritterrüstung, die sich vielleicht doch selbstständig gemacht hat, gegen eine Wand gerannt! Es hat richtig laut gescheppert!

Hat mir nicht mal jemand erklärt, dass Geister nicht um die Ecke gehen können? Und dass sie darum immer gegen Wände rennen?!

Auf einmal kann von guter Laune keine Rede mehr sein. Bei keinem von uns. Im Gegenteil ...

ABDI:

Gangster haben keine Angst – oder doch?

Wir biegen gerade um die nächste Ecke, als ich plötzlich stehen bleibe. Ich runzel die Stirn und sage: »Haltet mal an, Leute. Ich glaube, hier waren wir schon mal.«

»Bist du sicher?«, fragt Gleb.

»Weiß nicht genau. Aber das Schild hier, das hat doch vorhin in die andere Richtung gezeigt!«

Ich zeige auf den Pfeil an der Wand, der den Weg zu den Schlafräumen weist. In der Richtung sollte eigentlich das Zimmer der Mutanten sein. Angeblich geht es nach rechts. Aber hat der Pfeil vorhin nicht nach links gezeigt?

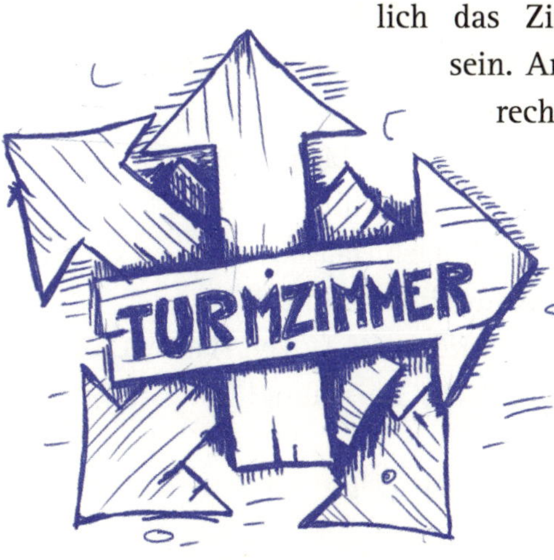

Eymen, dem schon die ganze Zeit vor Angst die Knie zittern, flüstert: »Ich glaube, die Burg ist verflucht.

Sie spielt mit uns. Wir sollten lieber zurück auf unser Zimmer gehen.«

»Nix zurück aufs Zimmer«, sage ich. »Wir sind einfach nur bescheuert und laufen im Kreis herum. Los, weiter!«

Wir schleichen durch einen langen Korridor, doch schon nach ein paar Metern bleibt Gleb schlagartig stehen. Jawid versucht, mit dem Hoverboard auszuweichen, schafft es aber nicht und fährt erst gegen Gleb und dann gegen eine Wand. Es gibt einen kurzen, lauten Schepperlärm.

»Idiotenspinner! Was soll das? Warum bleibst du stehen?«, zische ich Gleb zu.

Er zeigt mit zitternden Fingern nach vorne. »Da ... da ... da ...«

»Du sollst nicht rappen, du sollst antworten!«

»Da hat sich etwas bewegt! Ischschwör!«

»Und was?«

»Der Tisch da vorne! In der Nische! Der ist über den Boden gerutscht – wie von Geisterhand!«

»Red keinen Unsinnquatsch!«

»Ich hab's gesehen! Ich schwöre!«

Wir starren in die Dunkelheit. Und dann sehen wir anderen es auch. Der Tisch bewegt sich wirklich. Er zittert erst und rutscht dann mehrere Meter über den Boden – so als wenn er uns angreifen will!

»Hilfe! Mama! Ich will nach Hause!«, schreien Gleb, Jawid und Eymen wie aus einem Mund.

Ich aber schüttel den Kopf. »Nix nach Hause, Checkers. War bestimmt nur optische Täuschung! Gangster wie wir haben keine Angst!«

»Und ob Gangster wie wir Angst haben!«

»Egal, oder was! Geister-Tische gibt es nicht. Außerdem bewegt er sich nicht mehr.«

Die anderen starren in die Dunkelheit. Es ist eine original Tatsache, der Tisch steht da und rührt sich nicht.

»Hm, vielleicht war es wirklich nur eine Täuschung«, sagt Gleb.

»Sag ich doch. Also los, weiter.«

Wir wollen gerade weitergehen, als wir schon wieder vor Schreck erstarren. Irgendwo in der Ferne hören wir etwas. Es klingt wie ... Schritte!

Um diese Uhrzeit? Sind wir etwa nicht die Einzigen, die hier herumschleichen? Oder spukt es vielleicht wirklich?!

JUSTUS:
Angriff der Geisterdrohne

Wir haben es geschafft. Wir stehen vor der Tür des Turmzimmers. Wird aber auch Zeit! Hat alles schon viel zu lange gedauert. Wir sind alle total am Ende mit den Nerven! Vor allem, weil wir unterwegs immer wieder dieses seltsame Scheppern gehört haben.

Wir ziehen uns unsere schwarzen Masken über, die wir natürlich immer dabeihaben. Dann starten wir die Geister-Drohne. Sie schwebt vor uns und ihre roten Augen glühen in der Dunkelheit. Sieht wirklich zum Gruseln aus. Adam^2 öffnet lautlos die Zimmertür. Ich steuere die Drohne per Smartphone hinein. Wir machen alle zusammen ein paar unheimliche Geräusche, um die Gangster zu wecken. Jetzt müssten sie eigentlich hellwach in ihren Betten sitzen, den Geist entdecken und laut schreien.

Aber nichts passiert.

Sie reagieren gar nicht. Entweder schlafen die Idioten so tief, dass sie einfach nicht wach werden. Oder …

Ich gehe schnurstracks ins Zimmer und überzeuge mich selbst, was los ist. DAS ist also die Erklärung! Alle Betten sind leer. Die Gangster sind gar nicht da!

Ich zähle eins und eins zusammen. Das kann nur eines bedeuten! Abdi und seine Freunde führen ihrerseits auch gerade einen Streiche-Plan aus! Vermutlich sind sie auf dem Weg zu unserem Zimmer, um uns ebenfalls zu erschrecken!

»Los, Leute. Wir müssen sofort zurück. So schnell wie möglich!«, rufe ich.

»Was ist denn los?«, fragt Derek und kommt hinter mir ins Zimmer der Gangster.

»Sie sind nicht da. Weil sie gerade selbst einen Streich spielen. Das müssen wir verhindern. Lauft, so schnell ihr könnt!«

Wir drehen uns um und rasen die Wendeltreppe hinunter. Doch gerade als wir um die nächste Ecke biegen, geraten wir ins Schlingern und Rutschen! Verdammt, was ist hier denn los? Der Boden ist spiegelglatt! Aber als wir es merken, ist es zu spät. Wir stolpern übereinander, fallen auf den Boden und bleiben als wild verknotetes und lauthals fluchendes Knäuel liegen.

Aber als wäre das nicht genug, öffnen sich über uns auch noch die Schleusen zur Geisterwelt. Und dann geht ein ekeliger, klebriger, stinkender Schleimregen auf uns nieder ...

ABDI:

Hier spricht der Dämon

Seltsame Geräusche, bewegte Schlittertische, Schilder, die plötzlich anders herum zeigen ... allmählich glaube sogar ich, dass es in der Burg spukt.

Gerade als ich den Gangstern vorschlagen will, doch umzukehren und die Aktion abzubrechen, zeigt Gleb mit dem Finger auf eine Tür. »Wir sind da! Das ist das Zimmer der Mutanten!«

»Tatsache! Wir haben es geschafft!«, rufe ich und jubele so leise wie möglich. »Also gut, dann ziehen wir die Sache durch!«

Ich schleiche die letzten Schritte nach vorne und drücke lautlos die Türklinke nach unten. Die Tür schwingt auf. Gleb, Eymen und ich treten zur Seite.

Jawid in seiner Ritterrüstung gleitet an uns vorbei in das Zimmer der Mutanten. Dazu macht er wieder unheimliche *Huuu-Huuu*-Geräusche, die den Mutanten den Schreck ihres Lebens verpassen sollen! Gleich werden sie schreiend aus dem Zimmer rennen ...

Aber nichts passiert. Keine Schreie, kein Heulen, keine panische Flucht ...

Verdammt, was läuft da schief? Ich stecke den Kopf durch die Tür und blicke mich um. Leer! Das Zimmer ist leer! Die Mutanten sind weg. Nur Jawid, der im Zimmer die Orientierung verloren hat, dreht sich auf seinem Hoverboard wie wild im Kreis und schreit: »Halt! Stopp! Anhalten! Mir ist schlecht. Ich muss mich gleich überge...«

Zu spät. Im Inneren der Rüstung gibt es ein ziemlich unappetitliches Geräusch. Daraufhin wird uns anderen auch schlecht.

Wir sind alle Sternenzerstörer-mäßig enttäuscht, dass unser Streich so derbe in die Hose gegangen ist!

Dann aber wird mir schlagartig klar, was abgeht. »Wir müssen sofort zurück in unser eigenes Zimmer, Leute! Die Mutanten sind garantiert gerade dabei, uns auch einen Streich zu spielen. Wir werden ihnen einen Strich durch die Rechnung machen. Los, beeilt euch!«

Wir drehen Jawid wieder um und geben seinem Hoverboard einen Schubs in die richtige Richtung. Dann drehen auch wir anderen uns um und wollen gerade den Flur zurückstürmen, als wir schlagartig stehen bleiben. Vor uns gehen ein paar flammend helle Lichter an. Dann hören wir ein Werwolfmäßiges Heulen und Schnaufen. Und schließlich schreit eine raue Dämonenstimme:

Wer wagt es, nachts durch meine Flure und Hallen zu schleichen? Wer maßt es sich an, mir, dem Dämon der Burg, zu trotzen?

Danach ruft der Dämon noch ein paar Sachen, die wir aber nicht verstehen. Weil wir so laut schreien, dass alles andere dadurch untergeht. Wir rennen wie die Irren zurück in Richtung Turmzimmer. Nur undeutlich hören wir hinter uns Jawids Stimme aus der Ritterrüstung: »Lasst mich nicht zurück, Leute! Bitte! Ich kann in der verdammten Rüstung nicht rennen!«

JUSTUS:

Kriegt man von Träumen blaue Flecken?

Als wir am nächsten Morgen aufwachen und noch in unseren Betten liegen, stellen wir uns alle dieselbe Frage: Haben wir das allcs nur geträumt? Oder ist es wirklich passiert?

Wir schlagen unsere Decken zurück und schlagartig sind alle Zweifel verflogen. Die blauen Flecken an unseren Armen und Beinen sind Beweis genug. Und die Schleimspuren, die immer noch auf unserer Haut und in unseren Haaren kleben, genauso!

Es war keine Einbildung. Alles ist wirklich passiert.

Aber heißt das jetzt, dass es in der Burg wirklich spukt? Bestimmt nicht!

Noch während wir letzte Nacht auf dem Boden lagen und uns den Schleim von den Kleidern gewischt haben, wurde uns klar, dass nur einer dahinterstecken kann: Abdi und seine Gangster!

Eine andere Erklärung kann es gar nicht geben. Während wir ihnen einen Streich spielen wollten, waren sie in Wahrheit diejenigen, die uns reingelegt haben. Wie schon am ersten Abend, als sie unsere Sachen und Möbel zu einem Geisterturm aufgebaut haben.

In der letzten Nacht aber haben die Gangster uns so richtig gezeigt, was sie streichemäßig draufhaben! Das müssen wir anerkennen. Schlimmer noch, mit der Aktion der letzten Nacht haben sich Abdi und seine Freunde als die wahren KINGS erwiesen!

Auf dem Weg zum Essenssaal beschließen wir, unsere Niederlage zuzugeben. Noch vor dem Frühstück werden wir vor Abdi, Gleb, Jawid und Eymen niederknien und offiziell verkünden, dass sie den Streiche-Battle gewonnen haben! Sie sind die Streiche-Könige! Und wir haben verloren!

Als wir aber den großen Frühstückssaal betreten und die Gangster sehen, ist uns eines sofort klar: So sehen keine Streiche-Könige aus! Aber so ganz und gar nicht!

Die Gangster sind genauso ramponiert wie wir, haben blaue Flecken an Armen, Beinen und im Gesicht. Sie blicken in einer Mischung aus Wut, Frust und Ehrfurcht in unsere Richtung – als ob sie denken, dass wir ihnen in der vergangenen Nacht einen Mega-Streich gespielt hätten.

Hm, das verstehe ich jetzt aber wirklich nicht!

ABDI:
Picasso war hier!

»WER? VON? EUCH? WAR? DAS?«

Laddis Stimme dröhnt krachend laut durch den Frühstückssaal. Uns bleiben die Marmeladenbrote im Hals stecken. Obwohl sie uns heute sowieso nicht schmecken – und zwar echt 100 Prozent negativ gar nicht.

»Na los! Finger hoch! Wer hat die Ritterrüstung auf dem Gewissen?!«

Wir werfen uns verschwörerische Blicke zu. Das, was Laddi so wütend macht, geht natürlich auf unser Konto!

Nachdem gestern Nacht die zischende Nebelwolke vor uns explodiert ist und die Dämonenstimme zu uns gesprochen hat, wollten wir nur noch zurück auf unser Zimmer. Aber wir konnten Jawid in seiner Rüstung unmöglich zurücklassen.

Also sind wir noch einmal zurück, haben uns Jawid unter den Arm geklemmt und sind gerannt, was das Zeug hält. Im Essenssaal haben wir Jawid in aller Eile die Ritterrüstung ausgezogen und sie an ihren Platz zurückgestellt. Aber anscheinend hätten wir uns dabei etwas mehr

Mühe geben sollen. Die Rüstung sieht nämlich wie eine Picasso-mäßige Verrückt-Skulptur aus. Die Beine sind da, wo eigentlich die Arme hingehören, der Helm klebt am Hintern und da, wo eigentlich der Kopf ist, gucken zwei Blechhände heraus.

»Ich frage euch ein letztes Mal, meine Herrschaften! Wer von euch war das?«

Laddi geht wie ein Zootiger vor den Tischen auf und ab und knurrt dabei immer wütender. Ist klar, dass wir uns nicht melden werden. Aber das ist meine geringste Sorge.

Mir macht nämlich etwas ganz anderes grübel-mäßig zu schaffen. Die Mutanten, die gerade mit Verspätung den Frühstückssaal betreten haben, sehen auch nicht gerade wie erfolgreiche Streiche-Kings aus. Eher so im Gegenteil. Sie sind genauso zerknautscht und blaufleckig wie wir ... Schon komisch. Weil wir doch dachten, dass alles, was letzte Nacht passiert ist, auf ihr Konto geht! Darum wollten wir ihnen heute Morgen eigentlich sagen, dass sie den Battle gewonnen haben. Und dass sie die KINGS OF SCHOOL sind.

Aber jetzt sind wir uns nicht mehr so sicher.

Laddi tobt noch eine Weile herum, gibt dann aber auf und setzt sich schnaubend zur Bri-Lu an den Tisch. Gut so, ein Problem weniger.

Dann sehe ich, wie die Mutanten aufstehen und zu uns herüberkommen. Der Bieber bleibt genau vor mir stehen. Unsere Blicke begegnen sich. Er will etwas sagen. Ich will auch etwas sagen. Bevor aber einer von uns die Klappe aufmachen kann, passiert etwas Unerwartetes. Lukas und Till-Philipp, die beiden Nerd-Zwerge vom Chefkoch-Tuberkulose-Gymnasium, kommen ebenfalls zu unserem

Tisch. Sie grinsen seltsam und Lukas sagt: »Guten Morgen, Leute! Ihr seht irgendwie nicht so aus, als hättet ihr gut geschlafen!«

Till-Philipp grinst ebenfalls Piranha-mäßig: »Ihr seht eher so aus, als wärt ihr von einem Hochhaus gefallen. Hat bestimmt wehgetan, oder? Tja, nächstes Mal solltet ihr vielleicht ein wenig besser aufpassen.«

Die Nerds gehen zu ihrem Tisch zurück. Ich blicke den Bieber an, der Bieber blickt mich an. Wir wollen beide etwas sagen, tun es aber doch nicht.

Vielleicht weil uns beide gerade dasselbe Hier-stimmt-etwas-nicht-Gefühl überkommt … und weil vielleicht alles doch ganz anders ist, als wir denken. Und weil wir gerade beide einen neuen brennenden Verdacht haben …

JUSTUS:
Eine Reise in der Zeitmaschine

Direkt nach dem Frühstück steigen wir in unseren Retrobus und starten zu unserem Tagesausflug. Auf dem Programm steht ein Besuch in einem Museumsdorf.

Am Eingang des Museums muss man durch eine lange dunkle Röhre laufen, die so eine Art Zeitmaschine darstellt. Im Inneren sind verschiedene Fotos und Gemälde, die einen glauben lassen, dass man durch die Jahrhunderte wandert. Wenn man am anderen Ende angelangt ist, ist man im Mittelalter.

Ich liebe Zeitmaschinen! Früher habe ich sogar selbst mal versucht, eine zu bauen. Ich wollte vor Klassenarbeiten in die Zukunft reisen, nachsehen, welche Aufgaben uns gestellt werden, dann wieder zurückreisen und nur noch gute Noten schreiben.

Leider hat mich die Arbeit an der Zeitmaschine so beschäftigt, dass ich gar nicht mehr für die Klassenarbeiten lernen konnte und nur noch schlechte Noten geschrieben habe.

Meine Eltern haben mich davon überzeugt, dass das

ganze Leben eine Art Zeitmaschine ist, mit der man ganz von selbst in die Zukunft reist. Die einfachste Methode, um gute Noten in Klassenarbeiten zu schreiben, bestünde darin, einfach vorher zu lernen.

Ich fand, dass das eine typische Elternantwort war.

Kann aber sein, dass sie trotzdem recht haben.

Heute reisen wir also mit der ganzen Klasse in die Welt der Ritter und Edelfrauen, der Knechte und Bauern, der Vagabunden und Magier. Es ist ein Superspaß, der mich die seltsamen Ereignisse der vergangenen Nacht völlig vergessen lässt. Nur meine blauen Flecke erinnern mich daran, dass der Spuk von letzter Nacht ganz und gar real war.

Bevor wir unseren Rundgang beginnen, erzählt uns der Museumsführer etwas über das Leben von vor fast tausend Jahren. Er sieht übrigens selbst aus, als wäre er aus dem Mittelalter. Er trägt eine Leinenkutte, ist barfuß, hat einen langen Rauschebart und spricht so,

wie man früher vermutlich gesprochen hat: »Ich heiße euch willkommen, ihr Jungvolk aus der Zukunft! Mein Name ist Isenbard. Wir schreiben **das Jahr des Herrn 1127** und ihr befindet euch in einem einfachen Weiler, den Bauern und Handwerker ihr Zuhause nennen. Bevor ich euch meine Welt zeige, müsst ihr mir versprechen, dass ihr eure kleinen Zauberkästchen ausschaltet, mit denen ihr Fotogemälde herstellen und mittels Ätherwellen mit entfernten Menschen sprechen könnt. Andernfalls kann es euch widerfahren, dass ihr der Zauberei angeklagt und auf dem Scheiterhaufen verbrannt werdet!«

Während einige von uns brav gehorchen, ruft Abdi halblaut von weiter hinten: »Redet der Stinkebart davon, dass wir keine Handys benutzen sollen, oder was? Soll er sich erst mal Schuhe kaufen und zum Barbier gehen, bevor er so rumquatscht!«

Alle müssen lachen, sogar ich und die Buddys.

Isenbard bittet um Ruhe. »Wir Menschen im Mittelalter haben zwar auch Deutsch gesprochen, aber es war ein wenig anders als das Deutsch, das ihr heute benutzt. Einige Wörter gibt es zwar immer noch, aber vor tausend Jahren hatten sie eine andere Bedeutung. Wisst ihr zum Beispiel, was für uns ein *Recke* ist? Ein Krieger oder

Kämpfer! Und ein *Degen?* Das war ein mutiger Held! Ratet doch einmal, was für uns ein *Streich* ist?«

Wir machen große Augen. Mit Streichen kennen wir uns schließlich aus. Ich hebe den Arm und sage: »Vielleicht so eine Art Scherz, den man mit jemandem getrieben hat?«

»Leider nein. Ein Streich war etwas sehr schmerzhaftes, denn es war ein Schlag mit der Faust oder sogar ein Hieb mit dem Schwert!«

»War also nicht so lustig wie heute!«

»Überhaupt nicht. Und jetzt folgt mir in die Welt des Mittelalters.«

ABDI:

Schuften bis zum Umfallen

Das Mittelalter heißt so, weil die Leute damals alle nur mittelalt geworden sind. Dreißig oder so. Nicht älter.

Nachdem wir ein paar Stunden durch das Zeitmaschinen-Dorf gelatscht sind, weiß ich auch, warum. Die Leute früher haben den ganzen Tag geschuftet, auf dem Feld oder zu Hause oder in ihren Werkstätten. Aber trotzdem kam es oft vor, dass sie nicht genug zu essen hatten.

In den Häusern gab es keine Heizung und keinen Fernseher, kein WLAN und nicht mal eine Playstation.

»Also auch keine X-Box?«, frage ich unseren Vollbart-Führer-Typen.

»Nein, natürlich nicht.«

»Aber einen Game-Cube, oder was?«

»Nein.«

»Sie meinen, gar keine Konsole?«

»Nein. Es würde auch gar nichts nützen, weil es keinen Strom gab.«

»Kann man aber Akku benutzen, oder was?!«

Der Museumsführer ist cool und lässt sich nicht von mir ärgern. Das gefällt mir. »Mittelalter war ganz schön hart, oder?«, frage ich.

»Superhart. Und was das genau bedeutet, dürft ihr jetzt selbst erfahren. Jeder von euch darf sich nämlich einen der mittelalterlichen Berufe aussuchen und sein Glück darin versuchen.«

Ich denke, meine Ohren haben Schluckauf. Kopfschüttelnd sehe ich den Isenbard-Typen an und frage: »Wie jetzt? Soll heißen, dass wir arbeiten sollen, oder was?«

»Ganz genau. Ihr könnt zum Beispiel dem Bäcker helfen oder dem Fassmacher, dem Schneider oder dem Tischler. Aber denkt daran, damals gab es noch keine Maschinen, die den Menschen ihren Job erleichtert haben. Die Arbeit war also sehr anstrengend.«

Ich grinse den Checkern zu und sage dann laut: »Ist kein Problem. Wir gehen zum Rathaus und helfen den Beamten. Weil, die haben bestimmt schon im Mittelalter nur herumgesessen und geschlafen. Das können wir auch richtig gut.«

Der Isenbard-Typ lacht und erklärt, dass es in so einem kleinen Dorf vor tausend Jahren kein Rathaus und auch keine Büros gab. Und bevor ich ihn frage: Es gab auch keine Sonnenstudios, keine Kioske und kein Starbucks. Fast alle Bewohner waren Handwerker oder Bauern und haben von morgens bis abends harte körperliche Arbeit geleistet.

Plötzlich habe ich eine Idee und frage: »Gibt es auch einen Schmied im Dorf?«

»Klar. Irgendwer muss ja die Werkzeuge für die anderen Bewohner herstellen, also die Zangen und Hämmer für die Tischler oder die Hacken und Spaten für die Bauern. Es gibt auch einen Hufschmied, der die Pferde beschlägt. Das war früher ein sehr wichtiger Beruf.«

»Und wer hat die Schwerter und Lanzen für die Ritter gemacht? War das auch der Schmied?«

Isenbard lacht und sagt: »Das hat ein Waffenschmied besorgt. Aber den gibt es hier im Museumsdorf leider nicht.«

Die anderen Checkers ahnen, was ich vorhabe. Auch sie sind jetzt Feuer und Flamme. Darum schiebt sich Gleb nach vorne und fragt: »Aber der Werkzeugschmied, der könnte doch auch Schwerter machen, oder?«

»Klar, das ginge schon. Aber täuscht euch nicht. Die

Arbeit eines Schmieds ist ungeheuer anstrengend. Darum sucht euch lieber ein anderes Handwerk aus und stellt etwas Sinnvolles her. Ihr könnt zum Beispiel zum Korbflechter gehen oder in die Nähstube.«

»Nähstube?! Und was sollen wir da machen? Mittelalter-Basecap nähen, oder was?«

»Zum Beispiel. Oder auch ein einfaches Hemd, das damals einfach nur Wams genannt wurde.«

»Nix da. Ich habe bessere Idee.«

Wir gucken uns kurz um, ob der Bieber und die Mutanten noch in der Nähe sind. Die sind aber schon abgezogen – bestimmt um so etwas zu machen, wie der Isenbard-Typ gerade sagt, also nähen oder flechten oder stricken oder so. Dann sage ich: »Unser Entschluss steht fest. Wir gehen zum Schmied. Waffen schmieden ist auch supersinnvoll. Vor allem wenn man Feinde hat.«

Isenbard sieht mich überrascht an: »Habt ihr denn Feinde?«

»Nicht wirklich. Nur so lästige Gehen-auf-die-Nerven-Typen.«

»Na dann. Jedenfalls habt ihr schon recht. Das Mittelalter war eine gefährliche Zeit und die Dörfer sind immer mal wieder überfallen worden. Darum ist die Schwertschmiedekunst auch wichtig.«

»Eben ...«, sagen wir und grinsen.

Isenbard sieht uns misstrauisch an, erklärt uns dann aber, wo wir den Dorfschmied finden.

JUSTUS: Jetzt hilft nur noch Zauberei

Nach dem Mittagessen wollen wir eine Erholungspause einlegen. Die haben wir auch dringend nötig, schließlich haben wir zwei Stunden lang Körbe geflochten und Stuhlbeine gedrechselt und Bretter gehobelt. War mächtig anstrengend und jetzt haben wir lahme Arme und Beine.

Für unsere Pause suchen wir uns ein stilles Fleckchen, wo uns die Lehrer nicht sehen können. Wir laufen gerade durch eine schmale Gasse hinter der Dorfschmiede, als wir auf einmal eine knorrig-harte Stimme hinter uns hören: »Hey, ihr Schwachköpfe! Stehen geblieben!«

Derek, Rahul, Kira, Adam[2] und ich ahnen schon, was jetzt kommen wird. War ja klar. Ganz langsam drehen wir uns um. Vor uns stehen Abdi und die Gangster. Sie haben seltsame, krumme Blechstangen in der Hand, die wie überdimensionierte Zahnstocher aussehen. Ziemlich albern. Sie aber glauben anscheinend, dass es Schwerter sein sollen. Sie rücken dicht an uns heran und blicken uns finster an – wie mittelalterliche Diebe oder Raubritter.

»Was willst du von uns, Abdi?«, frage ich.

»Ich heiße nicht Abdi, sondern **Abdius, der berühmte Bandit und Straßenräuber**! Sogar Könige und Ritter zittern vor mir. Sie wissen, dass sie nichts zu lachen haben, wenn sie mir und meinen Leuten in die Hände fallen.«

»Also gut, Abdius. Was willst du von uns?«

»Ganz einfach. Ich will dir einen Streich spielen!«

»Ein Überfall ist aber kcin Streich!«

»Verstehst du falsch, Bieber. Weil, was ich meine, ist Mittelalter-Streich. Erinnerst du dich daran, was der Isenbard-Typ gesagt hat? Und was Streich vor tausend Jahren bedeutet hat?«

»Du meinst ...?!«

Abdi hält mir seinen Blech-Zahnstocher direkt vors Gesicht: »Genau das meine ich. Du bekommst Streich mit meinem Schwert! Und danach mit meiner Faust!«

Ich muss laut lachen. »Ach so, diese Teppichstange soll ein Schwert sein. Sag das doch gleich.«

»Hab ich selbst geschmiedet, Bieber. Ist scharf wie Rasierklinge.«

»Klar, wie eine Rasierklinge aus dem Mittelalter, die tausend Jahre lang in der Erde gelegen hat.«

»Probieren wir aus, oder was!«

Abdi rückt näher an mich heran und jetzt wird mir

doch mulmig zumute. Wenn Abdi wirklich gegen mich kämpfen will, habe ich keine Chance. Auch alle zusammen haben wir keine Chance gegen die Gangster, obwohl wir ja sogar einer mehr sind als sie.

»Aber ... aber ... aber ...«

»Sprich in ganzen Sätzen, Bieber.«

»Aber ... wir haben keine Schwerter. Wie sollen wir uns denn verteidigen?«

»Euer Problem, oder was? Mittelalter ist finstere Zeit, weiß jeder. Sollte man nicht ohne Waffe aus Haus gehen, oder was?«

Adam^2 tritt neben mich. Er ist der Größte und Stärkste von uns. Er grinst die Gangster kampflustig an: »Von mir aus könnt ihr kommen. Ich weiß zwar nicht, was Kinnhaken auf Mittelalter-Deutsch heißt. Aber ich bin mir sicher, dass es ziemlich wehtun wird.«

Abdi und die Gangster bekommen kurz Schluckauf. Damit haben sie nicht gerechnet. Aber dann haben sie sich wieder im Griff und kommen bedrohlich näher. Ich raune zu den Jungs: »Ich weiß zwar nicht, wie das Wort für Abhauen auf Mittelalter-Deutsch heißt. Aber auf jeden Fall sollten wir genau das jetzt tun.«

»Einverstanden«, murmeln die anderen.

Wir zählen leise bis drei, dann drehen wir uns um und rennen, was das Zeug hält.

Die schmale Gasse entpuppt sich leider als Sackgasse. Denn hier ist das Museumsdorf zu Ende. Vor uns ist ein hoher Zaun, über den wir unmöglich klettern können.

Mit anderen Worten: Wir sitzen in der Falle. Jetzt heißt es kämpfen oder untergehen. Keine Frage, wofür wir uns entscheiden. Untergehen natürlich.

Wir warten, bis die Gangster uns eingeholt haben. Ich schlucke den riesigen Ochsenfrosch runter, den ich im Hals habe, und rufe mit möglichst selbstbewusster Stimme: »Also gut, Abdius! Du willst einen Kampf? Dann sollst du ihn haben! Aber ich muss dich warnen. Ich habe mich auch verwandelt und bin jetzt Justius, der berühmte Magier. Wenn du mich mit deinem Schwert angreifst, werde ich mich mit den schwarzen Künsten der Zauberei wehren!«

»Ach, und was willst du tun? Verwandelst du mich in Regenwurm?«

»Nee, ich verwandel dich in einen Riesenidioten. *Abrakadabra* – siehst du, schon fertig.«

Sogar die Gangster müssen jetzt lachen. Abdi wirft ihnen finstere Blicke zu und sie sind sofort wieder still.

»Dir helfen keine Ausreden, Bieber. Ab jetzt heißt es nur noch: du oder ich. Gefangene werden nicht gemacht. Und glaub mir, dieser Fight wird anders ausgehen als der in der letzten Nacht. Da hast du uns ganz schön fertiggemacht, das muss ich zugeben. Du hast uns richtig beeindruckt mit den ganzen Gruseltricks! Aber jetzt rächen wir uns!«

Bevor ich etwas antworten kann, stürmen Abdi und die Gangster auch schon mit lautem Gebrüll auf uns zu, schwingen dabei ihre selbst gebastelten Schwerter, die zum Glück aber überhaupt nicht scharf sind.

Adam[2] ist der Einzige von uns, der sich einigermaßen wehren kann. Er verpasst Gleb und Jawid ein paar Knüffe und Hiebe. Wirklich beeindruckt sind die Gangster aber nicht.

Auch wir anderen parieren die ersten Schläge und Hiebe, ducken uns weg oder hauen sogar zurück. Immer wieder laufen wir ein Stück weg, bewerfen sie mit Sand und Dreck und allen möglichen anderen Dingen, die wir finden.

Schließlich hat sich unser Schlachtfeld so weit aufgeteilt, dass wir alle Mann gegen Mann kämpfen. Ich habe es mit Abdi zu tun. Sein selbst geschmiedetes Schwert ist längst zerbrochen. Dafür hat er sich einen Ast genommen, mit dem er mich bedroht und immer mehr in die Enge treibt. Dann stolpere ich auch noch und falle lang hin. Abdi steht über mir und hebt drohend seinen Knüppel.

Bevor er mich endgültig erledigt, stammel ich: »Kleinen Moment mal, Abdi …«

»Was los, Bieber?«

»Was meintest du eigentlich vorhin damit, dass wir dich letzte Nacht beeindruckt haben? Und dass wir euch fertiggemacht haben?«

Abdi, der immer noch den Ast über mich hält, grinst und sagt: »Na, die Sache mit dem schwebenden Tisch! Und dem Pfeil, der immer in eine andere Richtung zeigt. Und mit der Rauchwolke und der Dämonenstimme ... das war ein 1-a-Superstreich von euch! Muss ich anerkennen. Ihr hattet uns fast so weit, dass wir wirklich dachten, in der Burg spukt es ...«

»Aber ... aber ... aber ...«

»Habisch schon mal gesagt, Bieber! Sprich in ganzen Sätzen!«

»Wir waren das doch gar nicht! Es war doch umgekehrt! Ihr habt uns letzte Nacht mächtig aufs Kreuz gelegt. Inklusive der Schleimdusche am Ende. Wir dachten auch, es spukt wirklich in der Burg. Bis wir drauf kamen, dass ihr hinter den ganzen Aktionen steckt.«

Abdi schüttelt ungläubig den Kopf, lässt sein Schwert sinken und fragt: »Hä? Wie bitte?«

Ich erkläre ihm in schnellen Worten, wie die letzte Nacht für uns abgelaufen ist. Dann erzählt er mir genauso hastig, was er und die Gangster alles erlebt haben.

Wir gucken uns an und verstehen beide die Welt nicht mehr. Dann dreht Abdi sich zu Gleb und Jawid um, die gerade dabei sind, Derek, Rahul, Kira und Adam[2] zu filetieren und in feine Streifen zu schneiden: »Hey, Checkers. Lasst die Mutanten am Leben. Wir müssen etwas besprechen.«

Eymen zuckt nur mit den Schultern. Er hatte sich an unserem Fight sowieso nicht beteiligt. Gleb und Jawid senken ihre Schwerter und wollen wissen, was los ist.

Abdi kratzt sich nachdenklich am Kopf und sagt: »Weiß ich auch noch nicht so genau. Aber wir müssen es dringend herausfinden! Denn irgendetwas stimmt hier ganz gewaltig zero-null gar nicht!«

ABDI:
Einer für alle und alle für einen

An diesem Abend passiert eine echte Glaub-ich-nicht-Sache. Es ist sogar ein krasses Ist-eigentlich-unmöglich-Ding!

Ich, Abdi Halman, mache mit meinem Erzfeind Justus Bieber gemeinsame Sache.

Ich und er – sind ein **Team**!

Glaubt ihr nicht?

Glaub ich selbst nicht.

Ist aber voll Realität! Ein echter No-Fake-Fakt! Sozusagen eine Tatsache.

Beim Abendbrot wird unser Pakt besiegelt. Die Mutanten sitzen mit uns Gangstern an einem Tisch!

Und nicht nur das, wir reichen uns lächelnd gegenseitig das Brot – anstatt es uns wie sonst ins Gesicht zu schmeißen.

Wir geben uns gegenseitig brav den Käseteller – anstatt ihn uns wie sonst über den Kopf zu schütten.

Und wir gießen uns gegenseitig Hagebuttentee ein, anstatt ihn uns wie sonst heimlich über die Hose zu schütten, um dann zu behaupten, derjenige hätte es nicht rechtzeitig aufs Klo geschafft.

Außerdem flüster-tuscheln wir die ganze Zeit miteinander.

Weil, eine Sache ist logisch-klar. Wenn es in der Burg nicht spukt – wovon wir einfach mal ausgehen – und wenn weder wir noch die Mutanten hinter den Aktionen von letzter Nacht stecken, dann muss es irgendeinen anderen derben Streichespieler auf der Burg geben.

Fragt sich nur: Wer kann das gewesen sein?

Das ist die Frage, auf die wir lichtgeschwindigkeitsmäßig schnell eine Antwort brauchen.

Einen Verdacht haben wir natürlich. Aber ohne Beweise nützt uns das auch nichts. Erst einmal, so beschließen wir, gehen wir auf Spurensuche.

JUSTUS:

Angst? Habibibich nininicht!

Um kurz vor Mitternacht mache ich mich auf den Weg. Mit Abdi habe ich ausgemacht, dass wir uns im Essenssaal treffen. Diesmal sind wir aber ausnahmsweise keine Streichespieler, sondern Strciche-Detektive. Wir haben zusammen mit den anderen beschlossen, dass es zu auffällig wäre, wenn wir alle zusammen durch die Burg trampeln auf der Suche nach Beweisen. Darum sind erst mal nur Abdi und ich zu zweit unterwegs, um herauszufinden, was hier los ist.

Ich habe den Saal gerade erreicht, als eine Stimme in der Dunkelheit zischt: »Ey, Bieber! Bist du es?«

»Ja, ich bin's. Aber bist du es auch, Abdi?«

»Logisch-klar. Was los mit dir? Du zitterst ja. Hast du etwa Angst?«

Der Strahl meiner Taschenlampe trifft auf Abdi Halmans Haifischgrinsen.

»Blödsinn! Ich habe keine Angst!«

»Echt nicht? Weil, ich habe voll Angst! Aber sag bloß nicht weiter.«

Wieder einmal beeindruckt Abdi mich. Schließlich

muss man ganz schön mutig sein, um zuzugeben, dass man Angst hat.

Ich räuspere mich und sage: »Okay, ich gebe es zu. Ich habe auch Angst. Aber sag du es auch nicht weiter.«

»Logisch nicht. Gangster-Ehrenwort.«

Wir machen uns zusammen auf den Weg durch die dunkle Burg. Ein paar Mal bleiben wir stehen, weil wir glauben, verdächtige Geräusche zu hören – Schritte, ein Pfeifen, ein Scheppern. Als wir aber in die Dunkelheit lauschen, ist alles wieder still. War wohl doch nur Einbildung.

Unsere erste Station ist der Tisch, der in der Nacht wie von Geisterhand über den Flur gerutscht ist. Ganz vorsichtig nähern wir uns dem unheimlichen Möbelstück. Kann ja immerhin sein, dass das Ding auf einmal wieder einen Satz macht und uns angreifen will. Aber nichts passiert. Das olle Ding rührt sich nicht.

Im Schein meiner Taschenlampe gehen wir auf Tauchstation. Sehr bald finden wir, was wir schon vermutet haben. Kleine Schrauben

und Ösen, ein paar Rollen, ein abgeschnittenes Stück durchsichtiger Angelschnur ... Es war also nur ein Trick! Was auch sonst?! Aber, wie ich zugeben muss, ein ganz schön gut gemachter Trick.

Wir marschieren weiter, bis wir an der Ecke stehen, wo der Pfeil in Richtung Essenssaal zeigt – mal in die eine Richtung, mal in die andere.

Auch hier finden wir bald eindeutige Spuren. Der Pfeil an der Wand ist nur locker verschraubt, sodass er sich drehen lässt. Eine Angelschnur führt über zwei kleine Rollen bis zu einer Zimmerecke, wo sich jemand perfekt hinter einem Vorhang verstecken kann ... Respekt! Auch das ist echt genial gemacht.

Als Nächstes gehen wir in Richtung der Treppe, die hinauf zum Turmzimmer der Gangster führt. Hier sind wir in der Nacht ausgerutscht und mit unheimlichem Geisterschleim besprüht worden.

Nach kurzer Suche finden wir, versteckt hinter einer Kommode, den Abdruck eines Eimers auf dem Fußboden. Außerdem nehmen wir ganz schwach den Geruch von Seifenlauge wahr.

Ich verschränke die Hände, damit wir eine Räuberleiter machen können und er sieht sich die Wand und die Deckenverkleidung an.

Keine Minute später gibt er ein Schnauben von sich und flüstert: »Hier sind original Spuren, Bieber. Wieder nur ein Trick.«

»Lass mich auch mal sehen.«

»Ist gut. Wir tauschen.«

Diesmal macht Abdi für mich eine Räuberleiter. Im Schein meiner Taschenlampe entdecke ich ein paar Nägel, an denen Gummis befestigt sind. Sie dienten garantiert als Halterung für den Eimer, in dem der Schleim war. Ein Schlauch führt bis zur Decke und dort ist ein alter Duschkopf angeschraubt – eine Schleimdusche, um genau zu sein.

Als Letztes gehen wir zurück in den Flur vor unserem Zimmer. Auch dort stoßen wir nach kurzer Suche auf eindeutige Spuren: ein paar Scheinwerfer und ein versteckter Lautsprecher, aus dem in der Nacht der Burgdämon gesprochen hat ...

Abdi und ich sehen uns an und können beide nicht anders, als anerkennend zu nicken. All die Spuren, die wir gefunden haben, würden einem Laien vermutlich nichts sagen. Er würde sie übersehen oder für Utensilien des Hausmeisters halten. Wir aber sind Streiche-Profis. Darum erkennen wir die Handschrift eines Kollegen! Oder genauer gesagt, die eines wirklich begabten Kollegen!

Fragt sich nur, ob er so begabt ist, dass er nicht in die Falle tappt, die wir ihm stellen werden.

ABDI:

Chill mal, Kapitän!

Am nächsten Tag steht eine Bootsfahrt auf dem Programm. Es soll richtig schön gemütlich werden, so mit Kaffee und Kuchen, mit an Deck herumhängen und Landschaft und Burgen ansehen.

Das Problem ist, dass das heute echt nicht geht. Weil, wir haben keine Zeit für herumhängen. Wir müssen eine Aufgabe erfüllen! Wir müssen den unbekannten Streiche-Checker enttarnen – und uns dann gebührend rächen!

Darum gehe ich kurz nach dem Leinen-los-Kommando zum Kapitän und frage, ob er nicht mal den Turbo einlegen kann. Er soll doch bitte schön den Schaukeldampfer zum Speedboat machen. Weil: Wir haben es echt eilig und wollen schnell wieder nach Hause.

Der Kapitän sieht mich kopfschüttelnd an und meint: »Erstens bestimme ich, wie schnell wir fahren. Zweitens ist es normalen Passagieren nicht erlaubt, die Brücke zu betreten. Und drittens könnte ich dich wegen Meuterei anklagen und unten im Frachtraum in Ketten legen lassen.«

»Chill mal, Captain. War nicht so gemeint. Dann schleichen wir halt weiter mit Altersschwacher-Goldfisch-Tempo durch die Gegend. Alles easy!«

Dann nutzen wir die Zeit an Bord halt, um uns endlich einmal auszuruhen. Schließlich waren die letzten Tage und besonders die letzten Nächte echt anstrengend.

Wir suchen uns also ein schattiges Plätzchen und machen es uns gemütlich – und zwar alle zusammen, also wir Gangster gemeinsam mit den Mutanten. Logisch-klar, dass unsere Mitschüler nicht glauben wollen, was sie da sehen. Wir chillen alle zusammen? Das ist ja so, als wenn ein Ka-

ninchen und eine Boa constrictor zusammen kuscheln. Oder als wenn ein Löwe und eine Antilope sich zum Quatschen treffen. Oder als ob ein Tyrannosaurus Rex und ein ... egal, oder was! Im Moment ist halt Ausnahme. Aber die gilt auch nur so lange, bis wir unseren gemeinsamen Feind besiegt haben. Was danach ist? Wer will das schon wissen.

JUSTUS:

Die Falle schnappt zu

Abends gegen halb sieben sind wir endlich zurück auf der Burg. Die ganze Klasse versammelt sich im großen Saal zum Abendessen. Die andere Klasse, also die vom Robert-Koch-Gymnasium, ist auch da. Gut so, immerhin kann es ja sein, dass ...

Die Gangster und wir sind so aufgeregt, dass wir keinen Bissen herunterbekommen. Jetzt geht es um alles oder nichts. Liegen wir mit unserem Verdacht richtig? Schaffen wir es, den unbekannten Streichespieler auffliegen zu lassen?

Unsere Mitschüler laden sich ihre Teller mit Wurst und Käse und Brot und Salat voll. Sie essen und schmatzen und mampfen, was das Zeug hält. Dabei unterhalten sie sich über die Erlebnisse des Tages. Sie ahnen gar nicht, wie dramatisch diese Sekunden sind.

Ganz plötzlich springe ich von meinem Stuhl auf und gehe zu Abdi und den Gangstern rüber, die am Nachbartisch sitzen.

Mit lauter Stimme, sodass mich alle im Raum hören können, schreie ich: »Na, was sagt ihr? Haben wir euch in der vorletzten Nacht nicht genial reingelegt? Unser Geisterstreich hat euch ja wohl zitterbibbermäßig fertiggemacht – oder etwa nicht?«

Abdi springt ebenfalls von seinem Stuhl auf und schreit genauso laut wie ich: »Was heißt denn hier *euer* Geisterstreich, Bieber? Wir waren es ja wohl, die euch aufs Glatteis geführt haben! Geisterstreiche sind nämlich unsere Spezialität!«

»Du lügst, Abdi! Gib es zu! Die Sache mit dem rutschenden Geistertisch war unsere Idee! Und ihr seid drauf reingefallen!«

»Unsinn! Das waren wir! Wir haben den Tisch auf kleine ferngesteuerte Autos gestellt. Und als ihr vorgeschlichen seid, habe ich die Autos losfahren lassen ... und das mit der Schleimdusche, das war ebenfalls unsere Aktion!«

»Schon wieder eine Lüge! Wir waren es, die euch mit der Schleimdusche reingelegt haben! Wir haben einen Eimer mit Fake-Schleim an die Decke gehängt und kleine Löcher reingebohrt. Als ihr vorbeigelaufen seid, haben wir euch vollgeschleimt! Ich könnte mich immer noch kranklachen, wenn ich daran denke, wie ihr vor Angst geschlottert und gebibbert habt!«

Abdi lacht laut und höhnisch. »Du redest totalen Quatsch, Bieber! Wir haben die Schleimdusche gebaut! Und ihr wart diejenigen, die geschlottert und gebibbert haben! Weil ihr dachtet, dass ihr mit echtem Geisterschleim vollgespritzt werdet!«

»Ihr wollt eure Niederlage also nicht zugeben? Echt jetzt? Ihr wollt nicht anerkennen, dass wir die besten Streichespieler aller Zeiten sind,

Abdi? Ich hätte nicht gedacht, dass ihr so schlechte Verlierer seid!«

»Ihr und niemand sonst seid schlechte Verlierer!«

Abdi und ich sehen uns an. Wir müssen aufpassen, dass wir nicht laut herauslachen oder uns auf andere Weise verraten. Außerdem müssen wir die Lehrer im Blick behalten. Die haben, genau wie unsere Mitschüler, aufgehört zu essen. Stattdessen blicken sie in unsere Richtung und fragen sich natürlich, was unser Geschrei zu bedeuten hat.

Noch aber ist es zu früh, um damit aufzuhören. Das sieht Abdi genauso. Darum gibt er sein heiseres Gangster-Lachen von sich, in das Gleb, Jawid und Eymen einsteigen. Dann ruft er triumphierend: »Na los, sag es! Sag, dass wir mit den Geisterstreichen den Battle endgültig gewonnen haben!«

»Sag du es doch!«

»Nein, du!«

»Nein, du!«

Schließlich knurren wir uns einfach nur noch an, schütteln dann beide unsere Köpfe. Ich kehre zu unserem Tisch zurück, wo mir die Buddys voller Anerkennung auf die Schulter klopfen.

Abdi nickt zufrieden und setzt sich auch wieder hin.

Die Gangster klopfen ihm ebenfalls zufrieden auf die Schulter.

Um uns herum beginnt ein lautes Getuschel und Geraune. Natürlich wissen alle unsere Mitschüler von dem Battle, der zwischen Abdi und mir tobt. Nur von den Dingen, die in der Nacht abgegangen sind, haben sie keine Ahnung. Aber sie denken sich ihren Teil.

Wir essen nun doch zu Abend, obwohl wir immer noch nicht so richtig Appetit haben.

Denn eigentlich interessiert uns nur eine Frage. Hat unser lautstarkes Wortduell ausgereicht, um unsere unbekannten Gegner in die Falle tappen zu lassen? Wenn alles geklappt hat, werden wir es bestimmt sehr bald wissen.

Erst einmal passiert allerdings gar nichts. Niemand kommt zu uns und erklärt, dass wir oder auch die Gangster sich mit fremden Federn schmücken. Niemand motzt herum und erklärt, dass in Wirklichkeit er den Geisterstreich gespielt hat. Alle Schüler im Saal bleiben brav an ihren Tischen sitzen, essen gemütlich weiter und nehmen es einfach so hin, dass Abdi und ich uns angeblich gegenseitig mit allerlei genialen Geisterstreichen fertiggemacht haben.

Plötzlich aber höre ich ein seltsames Hüsteln hinter mir – oder besser gesagt, *unter* mir. Dann zischt eine leise, kaum hörbare Stimme: »Dreh dich bloß nicht um, sondern hör einfach nur zu, was wir dir zu sagen haben.«

Offenbar hat sich jemand unter den leeren Nachbartisch geschlichen und sich dort versteckt. Wer auch immer es ist, er oder sie will nicht erkannt werden.

»Wer ist denn da? Mit wem rede ich?«, frage ich.

»Das geht dich gar nichts an, wer wir sind«, zischt eine zweite Flüsterstimme. Die Täter sind also mindestens zu zweit. »Wir sind nur gekommen, um etwas klarzustellen.«

»In Ordnung. Also, worum geht es?«

»Wir haben gehört, was du und dieser Abdi gerade geredet habt. Ihr behauptet also, dass ihr diejenigen wart, die die Geisterstreiche gespielt haben.«

»So war es ja auch. Oder könnt ihr etwa das Gegenteil beweisen?«

Ich höre ein verärgertes Knurren unter dem Tisch. Dann antwortet die Stimme: »Natürlich können wir das. Schließlich waren wir es, die die Geisterstreiche in Wahrheit gespielt haben. Wir waren es, die euch mächtig aufs Kreuz gelegt haben.«

»Glaube ich nicht. Kann ja jeder behaupten.«

Ich höre wieder ein leises Knurren, dann zwei Stimmen, die im Flüsterton miteinander diskutieren. Schließlich sagt wieder die erste Stimme: »Also gut, du Bonsai-Hirn. Ich beweise es dir.«

»Da bin ich ja mal gespannt.«

»Dieser Abdi hat behauptet, dass der Geister-Tisch auf ferngesteuerten Autos stand. Aber das ist Quatsch. Es war ein Trick mit Rollen und unsichtbarer Angelschnur! Und du hast behauptet, dass die Schleimdusche in Wirklichkeit ein Eimer mit Löchern drin war. Aber das stimmt nicht. Es war ein ganz normaler Schlauch und ein Duschkopf, der euch vollgeschleimt hat! Geh hin und überzeug dich selbst, es sind immer noch ein paar Spuren vorhanden!«

»Das habe ich schon. Jetzt weiß ich, dass ihr die Wahrheit sagt. Aber warum gebt ihr euch nicht zu erkennen?«

»Weil wir nicht solche Streiche-Stümper sind wie Abdi und du! Wir sind die wahren KINGS in Sachen Streichespielen. Mit Anfängern wie euch geben wir uns gar nicht erst ab.«

»Das ist schade. Vielleicht könnten wir noch etwas von euch lernen. Bitte, verratet, wer ihr seid!«, flüstere ich.

Aber erneut bekomme ich keine Antwort. Die Stimmen sagen gar nichts mehr. Anscheinend haben sich die unbekannten Streichespieler aus dem Staub gemacht.

Werden wir also jemals erfahren, wer sie sind?

Natürlich werden wir das, denke ich – und pruste laut heraus. Alles hat wie am Schnürchen geklappt! Unsere Streiche-Konkurrenten sind uns in die Falle getappt!

ABDI:

Der Hauch einer Andeutung einer Ahnung einer Idee

»Also doch! Die beiden Nerd-Zwerge vom Chefkoch-Gymnasium sind es also! Genau wie wir uns gedacht haben!«, rufe ich mit Godzilla-mäßiger Zorn-Stimme aus.

Es ist spät am Abend und längst Ab-ins-Bett-Zeit. Unsere Mitschüler sind darum auch schon im Schnarch-Land. Nur wir und die Mutanten sitzen hellwach in unserem Turmzimmer und besprechen das weitere Vorgehen.

»Sie waren von Anfang an merkwürdig. Und irgendwie auch verdächtig«, sagt der Bieber voll zerknirscht. »Aber dass sie so geniale Streichespieler sind, hätte ich nicht gedacht!«

»Stimmt genau. Die wirkten wie Dummschwätz-Idioten-Nerds. Aber bestimmt nicht wie Streiche-Checker.«

Noch einmal sehen wir uns das Video auf Biebers Handy an, das den Beweis geliefert hat. Bieber hatte auf seinem Phone auf Aufnahme gedrückt, nachdem ihn die Flüsterstimme beim Essen angesprochen hatte. Dann hat er das Handy unauffällig unter seinen Stuhl gehalten und nach rückwärts gefilmt.

Die Aufnahme ist dunkel und verwackelt, aber an einer Stelle sind Lukas und Till-Philipp steckbrief-mäßig glasklar zu erkennen! Sie hocken unter dem Nachbartisch und geben flüstermäßig zu, dass sie den Geisterstreich gespielt haben!

Überraschend ist das nicht. Am ersten Abend, als die beiden zu uns gekommen sind und uns genervt haben, hatten der Bieber und ich uns wegen des Streiche-Battle in der Wolle. Die Nerd-Zwerge haben es logisch-klar gehört und uns schon am gleichen Abend den ersten Streich gespielt: die Geistertürme in unseren Zimmern. Die gehen garantiert auch auf ihr Konto. Damit wollten sie uns ärgern, sodass wir auch Geisterstreiche spielen – nur um uns dann umso mehr in die Pfanne zu hauen!

Verdammt und zugetackert, wie hirnlos-dumm sind wir nur! Die Nerd-Zwerge haben uns hammer-mäßig gezeigt, was ein genialer Checker-Streich ist!

Aber egal, weil ist Schnee von vorgestern und längst geschmolzen. Die alles entscheidende Frage lautet: Wie können wir uns rächen?

Der Bieber kaut auf seiner Unterlippe und grummelt: »Es wird krass schwierig, es den beiden mit einem richtig genialen Streich heimzuzahlen. Ihre Klasse reist nämlich schon in drei Tagen ab. Wie sollen wir in der kurzen Zeit eine brauchbare Aktion auf die Beine stellen?«

Ich kratze mir grübel-mäßig den Kopf und sage dann:

»Ist nix-zero-kein Problem, Bieber. Sieh mal, wir Gangster sind die genialsten Streichespieler aller Zeiten. Ihr Mutanten seid auch nicht gaaaanz schlecht. Zusammen sollten wir etwas hinkriegen, oder was?!«

Ein entschlossenes Grinsen erscheint auf Biebers Gesicht. »Was die Reihenfolge der genialsten Streichespieler angeht, hast du dich vertan. Es ist genau umgekehrt, wir sind genial und ihr seid so einigermaaaaßen in Ordnung. Aber egal. Du hast recht. Die Zeit muss reichen! Und um ehrlich zu sein, ich habe sogar schon den Hauch einer Ahnung einer Andeutung einer Idee, wie wir es anstellen könnten!«

»Siehst du Bieber, man darf niemals zu früh aufgeben. Außerdem habe ich auch schon die erste Portion eines halben Stücks eines drei viertel Plans zu einer ganzen Idee. Damit ist es beschlossen. In spätestens drei Tagen legen wir einen Meisterstreich hin und machen die beiden Streiche-Nerds so richtig fertig!«

»So machen wir es!«, rufen der Bieber und alle anderen kampflustig aus und springen auf die Beine.

Wir legen alle die Hände aufeinander. Ich erkläre mit feierlicher Stimme: »Es ist entschieden, Checkers. Drei Tage lang sind wir keine Streiche-Gegner, sondern ein Alle-zusammen-Team: Die Gangster-Mutanten! Unser Motto lautet voll Musketier-mäßig: Einer für alle und alle für einen! Top?«

»Top!«, rufen wir alle neun wie aus einer Kehle.

JUSTUS:

Wie man seine Feinde mit Nutella besticht

Die nächsten zwei Tage vergehen mit fieberhaften Vorbereitungen für unseren großen Rache-Streich. Wir wälzen Ideen, machen Skizzen und Pläne und spielen Abläufe durch. Aber nichts davon gefällt uns wirklich gut. Denn mal ehrlich, für unsere Rache reicht ein billiger Mensch-ärgere-dich-nicht-Streich nicht aus! Wir brauchen eine richtig geniale Super-Checker-Streiche-Idee.

Die Dinge ändern sich erst, als Laddi uns erzählt, dass wir am letzten Tag einen gemeinsamen Ausflug mit der Klasse vom Robert-Koch-Gymnasium machen werden. Wir besichtigen eine Firma, die in der nächsten größeren Stadt liegt. Es ist die weltberühmte *Robot & Computer Science Advanced Technology GmbH & Co KG AA.*

Wow! Das wird nicht nur ein megamäßig genialer Ausflug, schließlich ist die Firma eine der weltweit führenden Roboterhersteller! Außerdem wissen wir sofort, dass es keinen genialeren Ort für unseren Rache-Streich geben kann als genau dort!

Ein bedeutender Schritt gelingt uns am gleichen Tag

beim Abendessen. Wir schaffen es, einen Klassenkameraden der beiden Nerd-Zwerge auf unsere Seite zu ziehen. Er heißt Tobias und alles, was wir tun müssen, ist, ihm eine Wagenladung voller Nutellabrote in Aussicht zu stellen. Schon packt er aus und erzählt uns alles Wichtige über Lukas und Till-Philipp.

Von Tobias erfahren wir, dass die Nerd-Zwerge beide hochbegabt sind und einen Super-IQ von über 1.000 haben. Oder so. Voll Einstein-Hawking-Picasso-DaVinci mäßig, sagt Abdi dazu. Die beiden interessieren sich für Physik, Geschichte, Mathe, Englisch, Chemie und noch für zehn andere Sachen – also eigentlich für alles. Genau darum sind sie ja auch die genialsten Streichespieler aller Zeiten, erklärt Tobias schulterzuckend.

Am Ende seines Berichts sieht Tobias uns mitleidig an und fragt: »Ihr wollt die beiden also hereinlegen? Echt jetzt?«

»Logisch. Aber so was von echt jetzt!«, erklärt Abdi.

»100 Prozent todsicher«, füge ich hinzu.

Tobi zuckt mit den Schultern. »Viele haben versucht, Lukas und Till-Philipp reinzulegen. Es hat nie funktioniert. Also vergesst es lieber.«

Abdi wird daraufhin richtig sauer und will Tobias am Kragen packen. Ich aber halte ihn zurück und wende mich stattdessen an Tobias: »Denk an die Nutellabrote! Also gib dir Mühe und denk nach, ob die beiden nicht doch einen Schwachpunkt haben.«

»Haben sie nicht.«

»Jeder hat einen Schwachpunkt.«

Tobias kratzt sich am Kopf und sagt schließlich: »Na ja, mir fällt da doch etwas ein. Die beiden sind die totalen Technikfreaks. Sie glauben so sehr an Technik und Computer wie andere Leute ... an Geister. Wenn zum Beispiel einer unserer Lehrer sagt, dass Computer nicht alles im Leben sind, dann lachen Lukas und Till-Philipp und erklären den Lehrer zum Dinosaurier, der bald aussterben wird. Für die beiden sind Computer und Roboter fast schon so etwas wie lebende Wesen ...«

Abdi und ich sehen uns an. Wir müssen es gar nicht aussprechen, denn wir beide denken dasselbe: Aus dem Hauch einer Ahnung einer Andeutung einer Idee ist gerade mehr geworden. Nämlich ein richtiger Plan! Ich bedanke mich bei Tobias, versichere ihm, dass die Nutellabrote demnächst per Postpaket zu ihm kommen, und schicke ihn weg.

Jetzt müssen wir nur noch mit der Vorbereitung beginnen. Vor uns liegt viel Arbeit: Wir müssen kleben, schneiden und basteln, müssen Dressur-Kunststücke vollbringen und gefakte Stimmen üben, müssen Stunts proben und verschiedenste Möglichkeiten durchspielen ... aber das macht uns alles nichts aus. Hauptsache, dass am Ende ein richtig genialer Streich herauskommt.

So ganz nebenbei läuft in den zwei Tagen ja auch noch unser offizielles Klassenfahrtprogramm.

Unter anderem machen wir eine Wanderung durch die Weinberge in der Umgebung. Nachmittags besuchen wir einen Weinkeller, wo uns Laddi erklärt, wie die alkoholische Gärung funktioniert. Wir dürfen sogar jeder ein bisschen Wein probieren – natürlich nur ein winziges Schlückchen, wie Laddi betont.

Wir trinken alle nur einen Minischluck, tun danach aber trotzdem so, als wenn wir total betrunken wären. Sogar Abdi und Jawid und die anderen, die nicht probiert haben, weil Alkohol haram ist. Aber Abdi behauptet lallend, allein der Geruch hätte ihn völlig benebelt. Laddi winkt lässig ab und meint, dass er auf so einen Streich nicht hereinfällt. Der wäre nämlich uralt und würde nicht mehr funktionieren. Daraufhin betrinken wir uns einfach wirklich und fangen an zu lallen und zu singen. Laddi gerät in Panik und treibt uns aus dem Weinkeller hinaus. Er will schon verzweifelt einen Notarzt rufen, als wir in Gelächter ausbrechen und sagen: »Wir sind gar nicht wirklich betrunken, Laddi. Wir wollten nur mal testen, ob der Streich wirklich nicht mehr funktioniert.«

ABDI:

Es lebe die Gegenwart!

Es ist so weit, der Tag des großen Rache-Streichs ist gekommen. Logisch-ist-klar, dass wir aufgeregt sind wie verrückt und schon in der Nacht kaum ein Auge zu machen.

Müde fühlen wir uns trotzdem nicht. Im Gegenteil, wir sind sogar voll-ausgeschlafen-mäßig hellwach. Weil: Ab jetzt darf nichts mehr schiefgehen.

Unser Oldtimer-Stinke-Knatter-Bus bringt uns zu der modernen Computer-Roboter-Fabrik, die wir heute besuchen. Vor uns fährt der Supermodern-Bus, in dem die Schleimer-Gymnasiasten vom Chefkoch-Gymnasium sitzen. Der Fahrer hupt zweimal und gibt Gas – und dann ist der Supermodern-Bus auch schon am Horizont verschwunden.

UND TSCHÜSS

Unser Rockerfahrer schnalzt mit der Zunge und stellt sein Schlager-Radio an. Dann drückt er auf ein paar Knöpfe an seinem Armaturenbrett. Unser Bus gibt ein seltsames Knatterstöhngeräusch von sich, beschleunigt dann aber wie ein Porsche-Ferrari! Drei Sekunden später überholen wir die Schleim-Gymnasiasten und winken ihnen durch die Scheiben zu! Der Tag fängt schon einmal richtig gut an, so viel steht fest.

In der Fabrik empfängt uns ein Brillentyp im weißen Kittel. Er stellt sich als Dr. Weiz-Gries vor und erklärt, dass er Roboterexperte und Forschungsleiter in der Fabrik wäre. Es sei ihm eine Ehre, uns höchstpersönlich durch die Fabrik zu führen.

Wir gehen durch einen langen Korridor, an dessen Wänden Bilder hängen – erst von alten Dampfmaschinen, dann von modernen Fabrikautomaten, dann von Drohnen und schließlich von Transformer-mäßigen Riesenrobotern. Es fühlt sich an, als würden wir wieder durch eine Zeitmaschine wandern, diesmal aber in Richtung Zukunft.

Am Ende des Korridors bleibt Weiz-Gries stehen und

sagt lächelnd: »Seid willkommen in der Zukunft! Denn genau das ist es, was unsere Firma sein möchte – ein Stück Zukunft. Wir entwickeln die modernsten Roboter, die es zurzeit auf der Welt gibt. Eingesetzt werden sie in Fabriken bei der Produktion, zum Beispiel von Autos. Wir bauen aber auch mobile Roboter, die laufen oder sogar fliegen können. Diese mobilen Roboter werden zum Beispiel benutzt, um die Scheiben von Hochhäusern zu reinigen, aber auch um Menschen zu retten, die in Lawinen verschüttet sind.«

Wir wollen wissen, ob wir diese Lauf- und Flugroboter auch sehen können. Dr. Weiz-Gries nickt und erklärt uns, dass einige davon in den Showrooms der Firma ausgestellt sind, die wir am Ende der Führung besuchen. Dort könnten wir mit den mobilen Robotern sogar spielen. Wir jubeln begeistert.

Dann wird Dr. Weiz-Gries wieder ernst: »Wenn ich euch gleich durch unsere Produktionshallen führe, müsst ihr mir versprechen, eure Handys ausgeschaltet zu lassen. Filmen und fotografieren ist streng verboten.«

Ich stöhne auf und murmel: »Mann, ist ja wohl total bescheuert. Im Mittelalter darf man keine Handys benutzen und in der Zukunft auch nicht. Bin ich glatt froh, dass ich in der Gegenwart lebe.«

Bevor wir die Halle betreten, müssen wir weiße Schutzanzüge, inklusive Haube und Atemmaske anziehen. Das ist nötig, weil die Herstellung von Robotern total empfindlich ist. Nicht ein Staubkorn darf in die Halle gelangen. Während wir uns brav umziehen, fangen unsere drei Obergirls an, also die 3M, die Algenkotz und die Pupa, laut rumzumotzen. Schließlich wären die weißen Anzüge so was wie Negativ-Anti-Mode und würden total bescheuert aussehen.

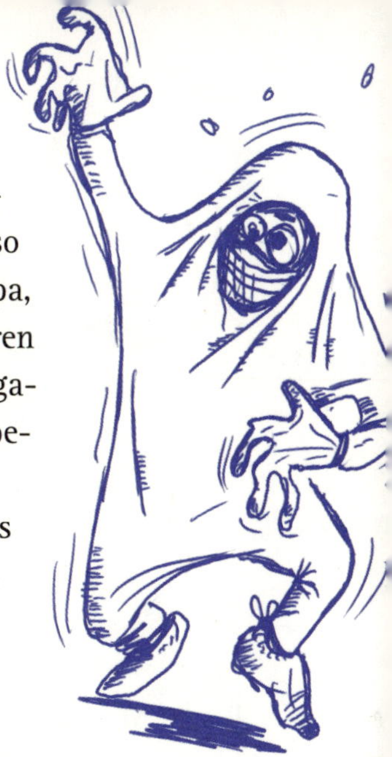

Normalerweise würden wir uns jetzt über die Girls lustig machen. Heute aber sparen wir uns jeden Kommentar. Schließlich spielen sie eine entscheidende Rolle bei unserem großen Streich. Oder besser gesagt, etwas, das den Girls gehört und das wir uns heute von ihnen ausgeliehen haben ... Ganz am Ende verstauen wir noch heimlich unsere Spezialausrüstung unter den weißen Schutzanzügen. Dann kann es losgehen!

JUSTUS:
Aufstand der Roboter

Dr. Weiz-Gries lässt uns in Zweierreihen antreten. Dann nickt er zufrieden und öffnet eine riesige Doppeltür aus Eisen. Mit einer Seht-mal-her-Geste wie ein Showmaster im Fernsehen verkündet er: »Das ist unsere große Montagehalle. Ich bin mir sicher, dass ihr so etwas noch nie gesehen habt. Viel Spaß!«

Wir treten hinaus auf eine Brüstung oberhalb der Halle. Der Forschungsleiter hat nicht übertrieben – so etwas haben wir wirklich noch nie gesehen.

Die Halle ist so riesig, dass wir das andere Ende fast nicht erkennen können. Überall bewegen sich riesige Roboterarme, die Metallteile durch die Gegend wuchten. Glühende Funken von Schweißgeräten sprühen durch die Luft. Immer wieder hören wir Computerstimmen und Sirenen, dann das Britzeln

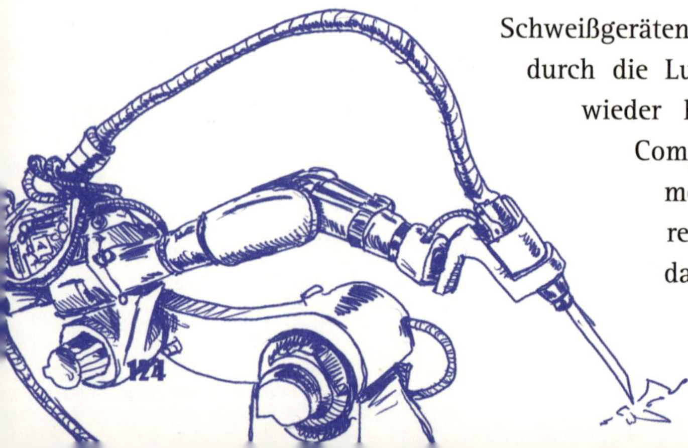

von Starkstrom. Ein wahrer Irrgarten aus Fließbändern erstreckt sich von rechts nach links und von oben nach unten. Dazwischen fahren winzige Roboterautos blitzschnell durch die Gegend, um Waren hin und her zu transportieren.

Menschen, die arbeiten, sehen wir aber so gut wie keine. Dr. Weiz-Gries erklärt uns, dass uns das nicht wundern darf: »Das Bauen von Robotern wird längst selbst von Robotern erledigt. Menschen würden nur stören. Sie machen zu viele Fehler.«

Ich hebe den Arm und frage: »Aber was ist, wenn die Roboter auch mal Fehler machen?«

»Machen sie nicht«, antwortet er lässig.

»Und wenn doch?«

»Sieh mal, das ist unmöglich. Schließlich machen Roboter immer nur das, was wir Menschen ihnen befohlen haben – sprich, was wir ihnen einprogrammiert haben.«

»Aber Sie haben doch selbst gesagt, dass Menschen Fehler machen. Wenn sie also beim Programmieren Fehler machen, machen danach doch auch die Roboter Fehler – oder etwa nicht?«

Dr. Weiz-Gries muss lächeln. »Ich glaube, du siehst zu viele Science-Fiction-Filme, mein Junge. So etwas gibt es nicht. Obwohl, ungefähr vor einem Jahr ist wirklich mal ... ach, das geht euch gar nichts an. Los, wir gehen weiter.«

Plötzlich beschleicht die ganze Klasse ein seltsames Gefühl. Was meinte Weiz-Gries mit seiner seltsamen Andeutung? Ist vor einem Jahr etwas Schlimmes passiert?

Etwas, von dem niemand etwas wissen soll?

Während wir durch den großen Mittelgang der Fabrik gehen, ist die Fabrik nicht mehr ganz so faszinierend wie zuvor. Wir alle – also unsere Klassenkameraden wie auch die Schüler vom Robert-Koch-Gymnasium – müssen uns vorstellen, was passiert, wenn die Wirklichkeit vielleicht doch einmal zum Science-Fiction-Film wird. Es könnte ja sein, dass die ganzen riesigen Roboter, aber auch die kleinen Flitzer auf einmal auf die Idee kommen, dass sie keine Besucher mögen! Und dass sie plötzlich ihre Werkzeuge und Schweißgeräte und Riesenhammer zu uns drehen ... vielleicht steht dann morgen in der Zeitung, dass es in der

berühmten Roboterfabrik zu einem Zwischenfall gekommen ist. Und dass die Roboter eine ganze Schulklasse als Geiseln genommen haben ...

Schließlich erreichen wir das andere Ende der Halle. Wir treten durch eine weitere Tür, hinter der die Showrooms der Fabrik liegen. Die sind eine Art Museum, wo man in verschiedenen Räumen die Roboter anfassen und testen kann.

Ein ungefähr anderthalb Meter großer, rundlicher Roboter rollt auf uns zu und sagt mit künstlicher Stimme:

»Guten Tag, liebe Gäste. Mein Name ist XT-54. Ich bin ein moderner Serviceroboter. Herzlich willkommen in unserem Showroom. Ihr könnt euch frei durch alle Räume bewegen und alles anfassen. Zwischendurch werdet ihr immer wieder anderen Robotern begegnen – spielt mit ihnen und probiert aus, was sie alles können. Aber denkt daran, dass ihr leider keine Fotos oder Videos machen dürft. Und betretet nicht die Räume mit den roten Türen. Das ist streng verboten. Ich wünsche euch viel Spaß.«

Während unsere Mitschüler sich blitzschnell in den Räumen verteilen, mit den kleinen Robotern und Drohnen spielen oder XT-54 mit Fragen bombardieren, hängen wir uns möglichst unauffällig an die Fersen von Lukas und Till-Philipp.

Sehr bald passiert genau das, womit wir gerechnet haben – weil wir es genauso getan hätten. Die beiden treten vor eine der roten Türen und prüfen, ob sie abgeschlossen ist. Als sie merken, dass sie offen ist, schlüpfen sie hindurch.

Keine zehn Sekunden später stehen wir vor derselben Tür. Auf dem Schild steht, dass dahinter Raum E24 ist. Eintritt streng verboten – wenn das mal keine Einladung ist.

ABDI:

Heilige Granatenkuh

Der Raum, den wir durch die rote Tür betreten, hat keine Fenster, ist aber trotzdem Neonröhren-mäßig hell. In der Mitte stehen mehrere riesige, kastenförmige Maschinen. Keine Ahnung, wofür die sind. Wir gehen hinter einer von ihnen in Deckung und bereiten alles für unseren Streich vor. Bisher läuft alles wie am Schnürchen.

Dann tauchen der Bieber und ich aus unserem Versteck auf und spazieren zwischen den Riesenmaschinen herum. Manche haben Displays und Knöpfe. Mich juckt es in den Fingern, daran herumzuspielen. Bieber geht es genauso. Aber wir reißen uns zusammen.

Plötzlich hören wir hinter uns eine Stimme. Es ist Lukas, der eine der Nerd-Zwerge: »Was macht ihr denn hier?«

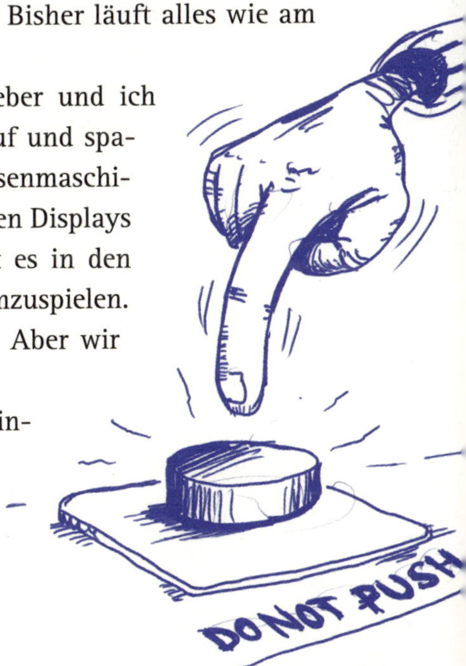

»Wollte ich auch gerade fragen. Was macht ihr denn hier?«, frage ich zurück.

»Es ist verboten, diesen Raum zu betreten.«

»Scheint euch ja auch nicht zu stören.«

Die Zwerge grinsen und Till-Philipp sagt: »Wir wollten mal gucken, was hier in dem Raum so los ist. Vielleicht entdecken wir ja etwas.«

Lukas deutet mit dem Kinn auf Bieber und fragt: »Was waren das eigentlich für bescheuerte Fragen vorhin in der Halle? Total peinlich! Roboter sind doch keine Geister, vor denen man Angst haben muss!«

»Vielleicht ja doch«, antwortet der Bieber grinsend.

Die beiden Nerds geben ein Mein-IQ-ist-höher-als-deiner-mäßiges Lachen von sich. »Wenn ihr so viel Angst vor Robotern habt, solltet ihr hier lieber verschwinden. Außerdem stört ihr uns.«

»Ja, ist gut. Viel Spaß«, sage ich.

Wir wollen uns gerade umdrehen, als ganz plötzlich das Licht in dem Raum ausgeht. Auf einmal ist es stockdunkel. Nur die Displays an den Maschinen leuchten in schwachen Farben.

»Verdammt, was soll das?«, ruft Lukas.

»Habt ihr das Licht ausgemacht? Soll das etwa ein Streich werden?«, fragt Till-Philipp.

»Blödsinn«, antworte ich. »Außerdem stehen wir doch direkt neben euch. Wie hätten wir das Licht ausmachen sollen?«

»Stimmt auch wieder«, gibt Lukas zu.

Plötzlich fängt in der Dunkelheit eine Sirene an zu heulen. Dann dröhnt eine Lautsprecherstimme durch die Dunkelheit:

»Alarm in Raum E24! Alarm in Raum E24! Autonome Roboter-Einheit außer Kontrolle! Ich wiederhole: Autonome Roboter-Einheit außer Kontrolle! Es besteht Lebensgefahr! Achtung, Lebensgefahr!«

Die Nerd-Zwerge lachen wieder und Lukas sagt: »Ach, Leute, das ist bestimmt ein ganz billiger Versuch von euch, uns einen Streich zu spielen, stimmt's? Aber vergesst es. Vor so einem Kinderkram hätten nicht einmal unsere Omas Angst.«

»Verdammt noch mal! Wir haben nichts damit zu tun! Ehrlich nicht!«, schreit der Bieber mit Zitterstimme.

»Glaube ich nicht«, antwortet Lukas.

»Stimmt aber echt jetzt«, sage ich.

Die Alarmsirene heult immer noch. Dann hören wir irgendwo in der Dunkelheit ein seltsames Geräusch. Auch die Nerds hören es. Wir spüren, dass sich uns etwas nähert – aber wir können es nicht sehen. Plötzlich schreit Till-Philipp Horrorfilm-mäßig auf: »Lukas! Da war was!«

»Was denn?«

»Keine Ahnung. Es hat mich am Bein berührt.«

»Blödsinn ... hey! Jetzt hat es mich auch berührt! Verdammt, hier geht wirklich irgendetwas Unheimliches vor sich!«

Die beiden Nerds sind jetzt in Alarmstimmung.

»Da ... da ... da ...«, macht der Bieber auf einmal. Er zeigt in die Dunkelheit, wo sich zwei rot glühende Punkte mit Monstergeschwindigkeit vorwärtsbewegen.

»Was ist das?«, fragt Till-Philipp mit Zitterstimme.

»Das kann nur ein Roboter sein«, antworte ich.

»Ist zu schnell für einen Roboter!«, sagt Lukas.

»Es kommt genau auf uns zu! Und da ... da ist noch einer! Und da, ein dritter!«

Tatsache! In der Dunkelheit sind zwei weitere Roboter aufgetaucht, die ebenfalls mit roten Lichtern blinken. Sie sind ungefähr kniehoch und rasen wie verrückt über den Boden, kommen dabei aber immer näher.

»Sie kreisen uns ein!«, rufe ich.

»Los, rückt näher zusammen. Wir stehen Rücken an Rücken!«, schreit Lukas.

Zusammen mit den beiden Nerds bilden wir ein Viereck, sodass wir in alle Richtungen sehen können. Die drei Roboter flitzen immer noch hin und her, blinken mit ihren roten LEDs und ziehen immer engere Kreise um uns.

»Wenn uns einer von denen zu nahe kommt, gebe ich ihnen einen Tritt!«, ruft Till-Philipp mutig.

»Aber die sollen doch gefährlich sein! Hat die Lautsprecherstimme gesagt! Sogar lebensgefährlich!«, sage ich.

»Stimmt, Lukas. Widerstand ist zu gefährlich. Wir müssen Hilfe holen!«

Die beiden Nerds holen tief Luft und schreien los: »Hiiiiilfe! Hiiiiiilfe! Rettet uns! Die Roboter greifen uns an! Hiiiiilfe!«

Hilfe!

Hilfe!!

HILFE!!

JUSTUS:

Heimlich peinlich

Eine Niederlage tut immer weh. Aber wenn du dich dann auch noch vor deiner ganzen Klasse lächerlich machst, dann ist der Schmerz wirklich kaum zu ertragen.

Darum gebe ich es offen zu. Lukas und Till-Philipp tun mir ein bisschen leid! Wir wollten sie zwar ärgern und uns rächen – aber dass sie sich so bis auf die Knochen blamieren, das haben wir nicht unbedingt gewollt.

Andererseits hindert es mich nicht daran, diesen Moment so richtig zu genießen! Abdi und den anderen geht es genauso. Dies ist der Augenblick unseres Triumphes. Unser Rache-Streich hat wunderbar funktioniert!

Wir stehen alle gemeinsam vor der roten Tür im Showroom der Roboterfabrik. Um uns herum stehen unsere Klassenkameraden und auch die ganzen Schüler vom Robert-Koch-Gymnasium – und alle starren Lukas und Till-Philipp verwundert an.

Liegt schätzungsweise daran, dass Abdi, ich und die anderen hinter ihnen stehen. Derek hat ein Megafon in der Hand, mit dem er jetzt mit Ulk-Stimme seine Warnung wiederholt: »Achtung, Schwachköpfe! Alarm in

Raum E24! Autonome Robotereinheiten außer Kontrolle! Lebensgefahr!«

Jawid hat eine kleine Sirene in der Hand, die er aufheulen lässt.

Abdi und ich? Wir halten die Leinen in der Hand, an deren Enden *Diamond, Daisy* und *Baby* sind, die drei Schoßhunde unserer Mitschülerinnen, der 3M, der Algenkotz und der Pupa. Die Viecher sind allerdings nicht zu erkennen, weil sie die von uns gebastelten Roboterkostüme tragen, auf deren Rücken lauter bunte LEDs blinken.

Ach ja, und ich habe außerdem noch ein Glas mit Leberwurst in der Hand, dessen Geruch die Hunde fast wahnsinnig macht. Damit habe ich Lukas und Till-Philipp vorhin unauffällig eingeschmiert, ohne dass sie es gemerkt haben ... nur darum haben die Roboterhunde verrücktgespielt und uns eingekreist.

»Also, Leute, gebt ihr zu, dass wir euch mit unserem Roboter-Streich fertiggemacht haben? Dann sagt es! Sagt, dass wir euch Streich-mäßig geschlagen haben! Weil, Gespenster-Streich kann jeder! Aber Roboter-Streich, das ist krass neu und hat noch nie gegeben, oder was!«, ruft Abdi mit stolzer Stimme.

Lukas und Till-Philipp tuscheln miteinander. Dann kommen die beiden auf uns zu und geben uns allen nacheinander die Hand. Am Ende sagt Lukas: »Ihr habt recht. Euer Streich war nicht übel. So ganz geglaubt haben wir die Sache natürlich nicht, aber ... wir wollten euch den Spaß nicht verderben.«

Abdi und ich wechseln einen kurzen Blick. Dann senkt Abdi die Stimme, sodass nur wir und die beiden Nerds ihn verstehen können: »Mann, Alters! Ich wollte vor anderen Schülern und Mädchen und so nicht sagen, aber: Ihr habt vor Angst voll plätscher-mäßig in Hose geschifft! Und jetzt behauptet ihr, ihr habt nicht geglaubt?!«

»Ist ja gut!«, flüstert Till-Philipp leise zurück. Dann ruft er mit lauter Stimme, sodass ihn alle hören können: »Es stimmt, wir sind auf den Streich voll reingefallen und dachten wirklich, dass wir von verrückt gewordenen Robotern gejagt werden! Auch wenn es uns schwerfällt, geben wir darum zu, dass uns die Streichespieler von der Einstein-Gesamtschule geschlagen haben! Wir gratulieren den Siegern!«

Unsere Mitschüler brechen in lauten Jubel aus. Lukas und Till-Philipp lassen die Köpfe hängen. Wir Mutanten und Gangster umarmen uns gegenseitig und sind mächtig stolz!

Daran kann auch die Tatsache nichts ändern, dass Laddi, die Bri-Lu und sogar Dr. Weiz-Gries herumschreien und stinksauer sind. Hunde sind in der Fabrik verboten! Raum E24 betreten ist verboten! Streichespielen ist sogar streng verboten!

Aber kümmert uns das? Natürlich nicht! Wir genießen einfach nur unseren Triumph.

ABDI:

Das Ende ist ein Anfang

Die Zusammenarbeit von Gangstern und Mutanten, also die Ära der **Mutangster**, ist noch am gleichen Tag vorbei. Schließlich hat sie ihren Zweck erfüllt.

Trotzdem beschließen der Bieber und ich, den Rest der Klassenfahrt friedlich zu bleiben und uns gegenseitig keine Streiche zu spielen.

Auf der Rückfahrt zum Bahnhof sitzen wir im Knatter-Qualm-Bus sogar nebeneinander. Immer wieder sehen wir uns auf unseren Handys das Video von unserem Roboter-Streich an. Logisch-ist-klar, dass wir das ganze heimlich gefilmt haben. Auf den Aufnahmen sieht man zwar nicht viel. Aber wir wissen ja, was passiert ist.

»Was machen wir jetzt mit dem Battle, Abdi? Wir wissen ja immer noch nicht, wer von uns der KING OF SCHOOL ist, der König aller Streichespieler!«, fragt der Bieber, als wir schon im Zug sitzen und in Richtung Zuhause rollen.

Ich schenke ihm mein strahlendstes Checker-Grinsen. »Ist doch logisch, Bieber. Sobald wir zurück sind und Schule wieder anfängt, geht Battle weiter. Ich habe auch schon Hauch von Ahnung von Plan, wie ich dich und die Mutanten fertigmachen werde!«

»Ach, echt? Trifft sich gut, weil ich habe auch schon ein Scheibchen eines Teils einer Idee, wie ich dich und die Gangster reinlegen werde.«

»Du bist also einverstanden? Battle geht weiter, sobald wir zurück sind! Deal?«

»Deal!«, ruft der Bieber.

Daraufhin schütteln wir uns voll Best-Feind-ever-mäßig die Hände. Und beide können wir kaum erwarten zu erfahren, was der andere sich ausgedacht hat, um endgültig der KING OF SCHOOL, der König der Streichespieler, zu werden.

Jakob M. Leonhardt

Kings of Chaos

Zahm wie Schulhofhaie

Als ich ins Haifischbecken meiner neuen Schule springe, also den Schulhof betrete, ist mir sofort klar, mit wem ich es hier zu tun kriege. Abdi grinst wie ein T-Rex vorm Frühstück und führt seine Gang direkt auf mich zu. Gleich werden sie mich zu Fischfutter verarbeiten. »Binisch King of School«, verkündet Abdi und da passiert mir leider etwas sehr Dummes: Ich fange an zu lachen, laut und wiehernd. Ich krieg mich gar nicht wieder ein. King of School? Träum weiter! Es wird hier ganz sicher nur einen King geben, und der – bin ich!

160 Seiten • Arena Taschenbuch
ISBN 978-3-401-51164-1

Fit wie ein Faultier

Direktor Kakadu hat Abdi nach seinem letzten Coup angedroht, ihn von der Schule zu schmeißen. Seitdem ist Abdi mit seiner Ghetto-Gang zahm wie eine Schafherde und mir ist laaaangweilig. Keine Streiche, keine Chaos-Aktionen, keine genialen Coups. Määhhhh! So geht das wirklich nicht weiter! Dabei hat Abdi letztens noch getönt, dass er jetzt unter die Freerunner gegangen ist und niemand ihn im Parkour schlagen kann. Vielleicht sollte ich ihn ein bisschen herausfordern? Bei so einer Kletter-Challenge geht es dann mal richtig hoch hinaus!

144 Seiten • Klappenbroschur
ISBN 978-3-401-51190-0

Arena

www.arena-verlag.de

Jakob M. Leonhardt

Knapp vorbei ist auch daneben
978-3-401-50550-3

In der Faulheit liegt die Kraft
978-3-401-50551-0

Chaos ist das halbe Leben
978-3-401-50552-7

Erst der Spaß dann das Vergnügen
978-3-401-50553-4

Arena

Jeder Band:
Arena Taschenbuch
www.arena-verlag.de

Tom Limes

Voll verkackt ist halb gewonnen

4 Außenseiter, 4 kaputte Träume und nur eine Chance, alles wieder geradezubiegen. Julian, Liza, Tariq und Max haben es wortwörtlich verkackt: Die vier sind Rekordhalter im Sitzenbleiben und haben schon mehr Lehrer in den Wahnsinn getrieben, als sie zählen können. Gemeinsam wollen die vier jetzt aber zeigen, warum sie an ihrer Schule von Anfang an keine Chance hatten ... Der Plan: Sie drehen ein schonungsloses Video – derb, wütend und ein bisschen hoffnungslos. Doch ausgerechnet dabei finden sie heraus, dass auch sie noch Träume haben. Träume, für die es sich vielleicht sogar zu kämpfen lohnt.

Thomas Thiemeyer

Evolution

Die Stadt der Überlebenden

Ahnungslos reisen Lucie und Jem mit einer Austauschgruppe in die USA. Doch als ihr Flugzeug am Denver Airport notlandet, wird ihnen schnell klar: Die Welt, wie sie sie kennen, gibt es nicht mehr. Die Flugbahn überwuchert, das Terminal menschenverlassen, lauern überall Gefahren. Sogar die Tiere scheinen sich gegen sie verschworen zu haben ...

978-3-401-51041-5

Der Turm der Gefangenen

Mit letzten Kräften erreichen Lucie und ihre Freunde die Stadt der Überlebenden. Während Jem vor den Toren gegen angreifende Tiere kämpft, hofft Lucie im Inneren endlich Antworten zu finden. Als die Jugendlichen aus verbotenen Büchern erfahren, dass sie nicht die ersten Zeitreisenden sind, entlädt sich der Zorn des Burgherrn.

978-3-401-51042-2

Die Quelle des Lebens

Endlich am Ziel! Nach einer strapaziösen Flucht durch Sümpfe und Wüsten erwacht Jem in der Oase der Zeitspringer. Doch wie ist er hierher gekommen und wo sind seine Freunde? Katta ist verschwunden, Lucie und der kleine Squid liegen im Koma. Als Anführerin GAIA sich seiner annimmt, keimt in Jem Hoffnung: auf Rückkehr, auf ein neues Leben.

978-3-401-51043-9

Auch als E-Books erhältlich und als
Hörbücher bei Rubikon Audio

Arena

Jeder Band:
Klappenbroschur
www.arena-verlag.de

Tobias Schrödel

It's a Nerd's World

Die Brains hinter YouTube, Smartphone, Computer und Co.

Smartphone? Coole Sache. Internet? Wie kann man ohne überleben!? Zeit, die Menschen zu feiern, die das möglich gemacht haben. Tobias Schrödel, IT-Experte und Deutschlands erster Comedy-Hacker, erzählt die Geschichten rund um die Brains, deren Hardware, Software und Internet-Anwendungen das Leben von uns allen für immer verändert haben – und die teilweise niemand kennt. Das muss sich ändern! Ehre, wem Ehre gebührt! Aber Vorsicht: Es wird absurd, lustig, tragisch und vielleicht sogar ein kleines bisschen lehrreich.

Arena

Auch als E-Book erhältlich

160 Seiten • Arena Taschenbuch
ISBN 978-3-401-51224-2
www.arena-verlag.de